CB076516

Título original: Helioskatastrofen
Copyright © Linda Boström Knausgård, 2013
Published by agreement with Copenhagen Literary Agency
ApS, Copenhagen

Esta tradução foi subsidiada pelo Conselho de Cultura da Suécia, aqui reconhecido com gratidão. **KULTUR**RÅDET

Edição: Felipe Damorim e Leonardo Garzaro
Assistente Editorial: Leticia Rodrigues
Tradução: Luciano Dutra
Imagem interna: Tim Mossholder na Unsplash
Arte: Vinicius Oliveira e Silvia Andrade
Revisão: Miriam de Carvalho Abões e Lígia Garzaro
Preparação: Ana Helena Oliveira

Conselho Editorial:
Felipe Damorim, Leonardo Garzaro, Lígia Garzaro, Vinicius Oliveira e Ana Helena Oliveira.

Dados Internacionais de Catalogação na Publicação (CIP)
(Câmara Brasileira do Livro, SP, Brasil)

K67c

Knausgård, Linda Boström

Catástrofe da Hélios / Linda Boström Knausgård; Luciano Dutra (Tradução). – Santo André - SP: Rua do Sabão, 2024.

160 p.; 14 X 21 cm

ISBN 978-65-81462-31-4

1. Literatura sueca. 2. Romance. I. Knausgård, Linda Boström. II. Dutra, Luciano (Tradução). III. Título.

CDD 848.5

Índice para catálogo sistemático
I. Literatura sueca
Elaborada por Bibliotecária Janaina Ramos – CRB-8/9166

[2024] Todos os direitos desta edição reservados à:
Editora Rua do Sabão
Rua da Fonte, 275 sala 62B - 09040-270 - Santo André, SP.

www.editoraruadosabao.com.br
facebook.com/editoraruadosabao
instagram.com/editoraruadosabao
twitter.com/edit_ruadosabao
youtube.com/editoraruadosabao
pinterest.com/editorarua
tiktok.com/@editoraruadosabao

LINDA BOSTRÖM KNAUSGÅRD
A CATÁSTROFE DA HÉLIOS

Traduzido do sueco por Luciano Dutra

PRIMEIRA PARTE

Nasço de um pai. Fendo a cabeça dele. Por um instante, longo como a própria vida, ficamos um de frente para o outro e nos olhamos nos olhos. Tu és o meu pai, eu digo a ele com o olhar. O meu pai. É o meu pai que está à minha frente na poça de sangue no chão. As meias de lã dele sorvem-no sofregamente e tingem-se de rubro. O sangue penetra no assoalho gasto e eu penso: os olhos dele são verdes como os meus.

Como eu sei disso ao nascer? Que os meus olhos são verdes como o mar?

Ele olha para mim. Para a minha armadura brilhante. Ele ergue uma de suas mãos. Acaricia a minha bochecha com a mão. E eu ergo uma das minhas mãos e pego na mão dele. Me inclino na direção dele. Os braços dele me envolvem. Choramos juntos. Lágrimas quentes, salgadas, e o ranho escorre pelo meu rosto. Não quero mais nada além de estar assim junto com o meu pai e sentir o calor dele, ouvir as batidas do coração dele. Tenho um pai. Sou filha do meu pai. Essas palavras soam como sinos dentro de mim nesse instante.

Então ele urra.

O urro destroça tudo. Nunca mais vou estar próxima dele. Nunca mais deitar a minha cabeça no peito dele. Nos encontramos e temos que dar adeus imediatamente. Ele não podia fazer mais nada além de me dar vida. O urro aperta os meus lábios, que querem gritar para ele parar. Tu me assustas, cresce dentro da minha boca. As minhas têmporas doem. Todo o amor se transforma em raiva no meu peito.
Enquanto ele urra, eu penso e logo quero atingi-lo no coração com a lança para dar um fim naquilo. Estou assustada. Sou só uma criança.
Ele não para de urrar. Ele leva as mãos à cabeça. Aperta-a com as mãos fortes como que para voltar a fechar o que se abriu.

Desvisto a armadura e escondo a lança debaixo do catre na cozinha. Já o elmo eu levo na cabeça, ao sair pela primeira vez para o mundo lá fora. Tenho doze anos quando apareço num município no norte da Suécia.
Piso na neve de pés descalços. Não vou muito longe. Uma menina nua com um elmo de ouro na cabeça. Além disso, muitos viram a ambulância que veio buscar o meu pai, depois que o casal de vizinhos veio correndo para ver o que havia acontecido. O urro foi ouvido de longe. E os vizinhos que me viram de armadura no assoalho da sala de estar do meu pai queriam saber. Eu estava escondida? Quem era eu? Uma criança que ninguém nunca viu. Onde estavam a minha mãe e o meu pai?

Tudo era um caos. O que é que eu devia dizer?

— Eu sou a Greta. Quem és tu? — a vizinha perguntou.

Não respondi. De repente, eu sentia a minha língua enorme e disforme, grossa e desconfortável.

— Tens que vestir alguma coisa.

Ela tirou a sua parca e cobriu-me com ela. Pegou cautelosa mas decididamente no meu cotovelo e me levou até a casa deles, que ficava na mesma rua do meu pai. Ela me levou daquele jeito até o aconchego do lar, como aparentemente as pessoas dizem, e até a cozinha, onde me fez sentar numa cadeira.

O que faço agora? Os pensamentos fervilhavam na minha cabeça e senti vontade de olhar nos olhos do meu pai. Em vez disso, ganhei leite quente com mel e canela e algumas roupas.

— Eu te ajudo com isso — ela disse, ao ver que eu apenas olhava fixamente para as roupas.

— Menina querida. Aqui estão as calcinhas, vamos lá. Primeiro uma perna, depois a outra. Ótimo. Agora as ceroulas. São de lã, assim não vais congelar. Afinal, faz bastante frio aqui na região nessa época. Hoje está fazendo vinte graus negativos. Depois a camiseta. Podes ficar com essas roupas. Já não me servem.

Ela me vestiu dos pés à cabeça. Calças e blusão e seja lá como o resto se chama. Também ganhei uma jaqueta e gorro e luvas. Lembrei da armadura escondida debaixo do catre na cozinha e tive vontade de voltar lá.

— Agora tens que dizer quem és — Greta falou assim que terminei de tomar o leite e de comer o sanduíche de carne de rena.

Carne de rena, pensei, memorizando as palavras. O gosto de sal e sangue.

— Quero ver o meu pai — respondi.

— Minha querida. O Conrad não tem filhos.

— Ele tem a mim — retruquei, já me levantando da cadeira.

A Greta me olhou com um semblante sério.

— Ele fez alguma coisa errada contigo? Afinal, o Conrad é mesmo um tanto esquisito.

— Não.

Um pai seria capaz de fazer algo errado com a própria filha? Com o sangue do seu sangue?

— Ele te mantinha escondida?

A Greta era uma pessoa bondosa. Percebi isso, apesar de que a coisa que eu mais tinha vontade era a de arrebentar a cadeira em que estava sentada e destruir a casa toda por ela ter dito aquilo a respeito do meu pai. Ela não sabe de nada, o pensamento que me ocorreu nessas palavras me acalmou e compreendi duas coisas: que ninguém jamais iria entender como eu apareci na cozinha do Conrad e que, portanto, eu andaria só pelo resto da minha vida.

A Greta me levou de carro até o serviço social do município. Ela tinha feito uma ligação e eu ouvi as palavras: a menina, o Conrad. Não sei o que fazer. Realmente, não posso ficar com a menina aqui em casa. E depois, isso: se não soubesse a verdade, eu acharia que aconteceu um milagre. Milagre. Foi essa palavra que se fixou e eu não sabia onde depor aquela palavra, então olhei para a Greta para impedir que mais palavras saíssem da sua boca.

O meu pai sofreu um ataque agudo de esquizofrenia e foi transferido ainda urrando ao hospital psiquiátrico de Skellefteå,[1] onde a versão dele do ocorrido foi ignorada e suas dores de cabeça foram tratadas com medicamentos tão fortes que no fim ele mesmo começou a duvidar que aquilo tivesse realmente acontecido. Mas eu ainda não sabia disso ali sentada no carro da Greta e olhando para toda aquela branquidão. Eu ainda achava que iria morar na casa de capachos imundos e janelas pedindo para serem lavadas. Ainda achava que o Conrad iria voltar e que nós seríamos pai e filha como definido naquele momento em que as coisas ainda iam bem para nós dois.

Neve. Neve. Aprendi essa palavra de imediato. Compreendi que era uma palavra importante. Era a única coisa que eu via, além da estrada e da Greta.

---

1 [N. do T.] Maior município e distrito sede da comuna homônima, localiza-se no condado da Bótnia Ocidental, na região histórica de Norlândia, junto ao golfo de Bótnia, com população de pouco menos de 40 mil habitantes.

— As renas estão passando um mau bocado este ano. Os sámis[2] as tangem cada vez mais longe, até achar pastagens, mas a linha da neve está cada vez mais ao sul, praticamente perto de Estocolmo. E isso que ainda estamos no outono. Imagina. Tanta neve e mal entramos em outubro. Outubro, penso. Renas. Sámis, penso e vejo um curso de água que se insinua na paisagem.
— O rio. Sabes do que estou falando? — a Greta pergunta.
Balanço a cabeça. O rio. O rio.
— Vamos chegar à cidade em uma hora. As pessoas vão fazer perguntas. Entenda isso.
Olhei pelo vidro da janela. O rio corria como se estivesse brincando. Saltava e se contorcia. Encostei a testa na janela do carro, e era como se o rio estivesse cantando.
O elmo jazia ao meu lado, no banco traseiro. Acariciei-o com uma das mãos. Tranquilizava-me que ele estivesse ali.

---

2 [N. do T.] Os sámis (*sámit* ou *sápmelaččat* na língua sámi), anteriormente denominados *lappar* ("lapões", na Suécia e na Finlândia, e *finnar* ("finlandeses"), na Noruega (ambos os termos são atualmente considerados pejorativos, ofensivos e inapropriados), são povos autóctones da calota polar ártica e de outras partes do Escudo Fenoscândico, da península de Kola (Rússia) e da parte central da Escandinávia. A região originária histórica dos sámis é denominada Sápmi ou Samelândia, compreendendo partes das atuais Noruega, Suécia, Finlândia e Rússia. A população sámi total desses países é estimada entre 80 mil e 100 mil, sendo em torno de 50 mil e 65 mil na Noruega, 20 a 40 mil na Suécia, 8 mil na Finlândia e 2 mil na Rússia. As diferentes populações sámi, atualmente dispersas nesses países, possuem possuíam uma cultura em comum e um modo de vida nômade até o início do século XIX. Em razão disso, há dezenas de variantes da língua sámi, idioma que faz parte do grupo fino-úgrico da família das línguas uralianas. Segundo os pesquisadores, o aparecimento do protossámi, cerca de dois mil a dois mil e quinhentos anos atrás, marca o que se pode chamar a etnia e a cultura sámi.

— As pessoas vão comentar, entenda isso. Uma menina nua na casa do Conrad.
— Ele é o meu pai. O resto eu não sei.
— Não sabes — a Greta repetiu e então se concentrou em dirigir.

Eu sentia uma dor dentro do peito e olhava a neve que jazia nos galhos das árvores, nos campos e nos prados. É tristeza, eu disse à neve. É ela que faz sentir dor e faz descerem as lágrimas. O que é que vou fazer? Não sei nada sobre o meu futuro. Quem sou eu?, perguntei à neve.

A cidade se aproximava. Casas de madeira de vários andares. As pessoas que caminhavam pelas ruas pareciam pássaros pretos no meio daquela branquidão toda. Se aglomeravam e se afastavam umas das outras. Elas não sabem de nada, pensei, depois: será aqui o meu lugar? Entre essas pessoas? Não temos nada que ver umas com as outras. Isso era visível ali, onde eles andavam apressados. Que não chegaríamos a nos conhecer. Fechei os olhos e lembrei dos olhos do Conrad. Os olhos serenos que olharam para mim.

Fui remanejada. A família à qual me destinavam sempre quis ter uma menina. Já tinham dois meninos naquele momento.

A assistente social se chamava Birgit e não há muito a dizer a respeito dela. Não trocamos muitas palavras, pois ela fumava o tempo todo. Os cigarros e a fumaça estavam por toda a parte

na sala, onde também havia um telefone e um calendário com moldura de arando,[3] para o qual ela olhava.
— É uma situação complicada, mas as coisas sempre se ajeitam de alguma maneira.
Ela aspirou como a Greta fazia, e aquilo era algo que as pessoas fazem aqui no Norte. Algo que lhe era comum. Expirando uma baforada de fumaça, ela disse que a melhor opção de fato seria a Birgitta e o Sven. Pessoas extraordinárias. Eles sempre desejaram ter uma menina e nesse ponto ela sorriu para mim numa exortação, como se exigisse um sorriso recíproco, já que estava realmente se esforçando tanto por minha causa.
Não sorri. Não falei nada. Não mencionei o nome do meu pai, pois não era possível enunciá-lo naquela sala horrorosa, com aquele mural e aquela escrivaninha e aquela assistente social.
Tossi por causa de tanta fumaça quando ela me perguntou se eu estaria disposta àquilo.
— Você estaria disposta a isso? São pessoas excelentes. Realmente normais e bacanas. Participantes na vida social da comunidade. Bastante esportivas. Isso é realmente importante quando somos assim tão poucos. Manter-nos unidos. Entenda isso.

---

3 [N. do T.] Calendário sueco tradicional para pendurar na parede ou usar sobre a mesa, impresso frente e verso (um semestre de cada lado). Apresenta o onomástico sueco, ou seja, os nomes correspondentes a cada dia do calendário civil (uma espécie de segunda data de aniversário na cultura daquele país). A tradicional moldura de folhas e frutos de arando foi criada em 1906 pelo artista Werner Sundblad, para a editora original do calendário, a Almanacksförlaget (ainda em atividade: www.almanacksforlaget.se).

— Eu preferia morar com a Greta. Apesar de não ser verdade. Eu queria voltar a ficar com o meu pai. Buscar a armadura e libertá-lo. Não havia outra possibilidade, pois eu queria muito aquilo.

— A Greta não quer ficar com você, entenda. Mas tem algo que eu preciso perguntar: Como foi que vieste parar aqui?

Ela tossiu e então continuou:

— Pode contar. Vais te sentir melhor depois de contar.

Ela fez uma pausa, tragou o cigarro e soltou outra baforada, antes de continuar:

— Mesmo que seja algo horrível, vais te sentir melhor depois de contar.

Tudo ficou em silêncio. Olhei para a rua e vi a branquidão do lado de fora da janela. Todas as palavras que ela proferiu me golpearam. Tantas palavras para nada, refleti. A neve é bonita, foi o pensamento que me ocorreu. Tudo tão branco. Achei que eu podia dizer isso. Ao menos tentar.

— A neve é bonita.

A assistente social não retrucou nada. Em vez disso, ela disse que seu papel era ajudar pessoas que viviam em estado de necessidade e em circunstâncias bastante difíceis.

— Onde ele está? Onde é que o meu pai está? — perguntei.

Ela deu uma tragada de leve no cigarro e ficou matutando um bom tempo, me pareceu. Depois passou o indicador sobre o protetor de mesa e declarou:

— Precisas de um nome.

Ela se levantou, e o vestido se agitou e se esfregou nas suas pernas enquanto ela ia até a estante com várias pastas de arquivo e catálogos. Puxou uma pasta com a lombada vermelha, então voltou a se sentar e olhou para mim, dizendo:

— Tens cara de Anna. Anna Bergström. Soa bem — ela disse, olhando para mim.

Ela ficou como que me olhando fixamente, então olhei outra vez pela janela e vi toda a neve que jazia lá fora como que esperando por mim. Era isso que eu sentia. Como se a neve estivesse me esperando lá fora.

Fui realocada. Segundo a assistente social, eu deveria estar feliz. Eu devia estar feliz, a Greta também disse depois, na sala de espera.

— Não podias ter conseguido uma família melhor. Uma família é como um pequeno rebanho que se mantém unido e que os elementos amam uns aos outros. Vou te dar um dicionário. Sabes ler? — a Greta perguntou.

Ler. Rebanho.

Eu sabia que devia voltar para a casa do meu pai. Era a única coisa que eu sabia. Eu tinha que encontrar aquele lugar e guiá-lo de volta para casa. Eu podia atraí-lo com carne de rena se ele não viesse espontaneamente, pensei.

Eu devia esperar aqui, e eles viriam me buscar. Já tinham entrado em contato com eles. Apesar de eles de fato desejarem alguém mais jovem, ficaram contentes. A Birgitta fazia bordados para o bingo de artesanato. O pai, Sven — doeu em mim quando ela mencionou aquela palavra, pai, apesar de nunca a ter ouvido antes —, era professor de desenho, uma verdadeira personalidade no município.

Eu chorei. As lágrimas eram ao mesmo tempo quentes e frias. As quentes eram por causa do meu pai, que eu nunca mais iria ver. Mas será que era isso mesmo? Era verdade? Escavei profundamente o meu próprio âmago e reformulei a pergunta: Será que eu voltaria a ver o meu pai alguma vez?

As frias eram porque, apesar de tudo, iriam tomar conta de mim. As frias eram por causa daquela cidade e da loteria municipal. A promessa de jantares e os dois meninos da família. Será que iríamos gostar uns dos outros?

Compreendi que eu devia crescer. Crescer para poder ir ver o meu pai no hospital.

— Não queres fazer uma última tentativa de contar de onde vens? — a assistente social perguntou, tentando fazer um semblante de amiga confidente.

— Eu não sei — respondi.

A Greta estava sentada me esperando. Ela era realmente uma pessoa bondosa. Na realidade, ela já estaria em casa agora se tivesse voltado antes como deveria.

— Vá ao banheiro enxugar as lágrimas — ela disse.

Entrei num quartinho e lá dentro fui atraída na direção do espelho. O meu rosto não era estranho como todo o resto. Abri a torneira e enxaguei as lágrimas. Enxaguei as mãos com a água quente, longamente, e o calor que se espraiou em mim me fez bem e compreendi que eu estava enregelada. Eu não queria parar, mas, por fim, a Greta bateu à porta e eu saí. Deixei o quartinho de piso de PVC sarapintado de vermelho e cinza. Ao sair, bati a porta, que ecoou.

— Estás brava? — a Greta perguntou.

Sentei-me no sofá.

— Eu me chamo Anna — retruquei.

— É um ótimo nome. Anna. Combina contigo.

— Podes ir embora. Já basta isso tudo, afinal. Não resta mais nada aqui dentro — eu falei, olhando para ela.

Ela pegou o casaco que estava pendurado e disse:

— Certo. Adeus, amiguinha. Tenho certeza de que vai ficar tudo bem contigo.

— Esse lugar é o inferno? — perguntei a ela de supetão.

Não sei de onde veio aquilo.

Ela ficou assustada, eu percebi. Era de mim que ela tinha medo? Eu queria saber, então chacoalhei o braço dela.

Ela recolheu o braço e respondeu:

— Não. Esse lugar não é o inferno.

Eles me buscaram na assistência social. O pai, a mãe e os filhos, Urban e Ulf. Não me atrevi a olhar para eles, pois achava que eles veriam nos meus olhos que eu não iria ficar com eles. Que eles não teriam a mim como achavam que teriam. Fiquei sentada naquele sofá vermelho com o olhar baixo, olhando para as minhas mãos. Eu não sabia o que fazer com elas, portanto só fiquei olhando para elas. Talvez seja o mais apropriado, pensei. Elas ainda estavam ensanguentadas, apesar de eu tê-las lavado. Senti o cheiro do sangue ressecado e cor de vinho nas linhas que percorriam as mãos, e aquele cheiro adocicado e levemente queimado me acalmou.

    Um cansaço negro se abateu sobre mim. Desabei no chão, no cansaço que era negro e de bordas vermelhas. Senti que me carregaram, me carregaram como uma criança até o carro deles, que esperava lá fora. Senti bem longinquamente quando a Birgitta e o Sven me colocaram sobre os joelhos do Urban e do Ulf no banco traseiro.

    Dormi três dias e três noites. Quando acordei, eu estava deitada numa cama, e o Ulf estava sentado ao lado com um sorriso no rosto, ou melhor, com um sorriso na boca e nos olhos, e ele me contou a respeito do médico que veio até a casa e fez vários exames enquanto eu dormia e então ele disse duas coisas: que eu era a coisa mais linda e que eu devia estar sempre ao lado dele.

    — Pois você não sabe nada, e eu sei tudo. O Urban também sabe muita coisa, ele é mais espirituoso, mas também mais calado e tal, e eu pre-

ciso de uma irmã que possa me ajudar. Eu tenho tanta coisa que fazer, fique sabendo.
— Tipo o quê? — perguntei.
— Vamos falar disso mais tarde. Vamos falar dessas coisas mais tarde. Não esqueça que não sabes nada.

Pensei na neve e fiquei brava, percebi.
— Podes me levar até a casa onde o meu pai mora?
— Coisas assim são simples. Tu tens que me ajudar com coisas que são realmente difíceis — o Ulf respondeu.

Adormeci novamente. Vi o sono chegando, e ele era como dedos verdes se insinuando na minha cabeça e corpo adentro. Eu não conseguia me mexer. Afundei no colchão e me vi deitada debaixo da cama por um bom tempo, vi o interior do estrado de madeira da cama e os rolos de poeira, depois voltei a me erguer e fiquei flutuando junto ao teto. Olhei para o Ulf lá embaixo, ainda sentado ao meu lado. Vi a mim mesma de olhos fechados e tentei voltar até ali embaixo onde eu estava. Eu realmente vi isso, vi que eu estava deitada lá. A coisa verde me puxou de volta, e eu despenquei em mim mesma como quando a gente mergulha no mar.

— Juro dar o melhor de mim para cumprir os objetivos do movimento IOGT-NTO,[4] conforme estabelecidos em seu estatuto e em seu programa. Dessa forma, juro viver uma vida de temperança, ou seja, não consumir bebidas alcoólicas com teor alcoólico acima de 2,25% em volume nem drogas ou outras substâncias estupefacientes com efeitos narcóticos.[5]

---

4 [N. do T.] A IOGT-NTO é a maior "organização de temperança" da Suécia, formada em 1970 pela fusão das organizações afins IOGT e NTO. É parte do movimento internacional IOGT (Organização Internacional dos Bons Templários, originalmente Ordem Independente dos Bons Templários), também conhecido como Movendi Internacional, organização fraternal integrante do "movimento de temperança" que promove a sobriedade mediante a abstinência do uso de álcool e de outras drogas. É remanescente de uma série de organizações fraternais pró-temperança (consumo moderado de bebidas alcoólicas) ou pró-abstinência absoluta (totalmente abstêmios de bebidas alcoólicas) fundadas no século XIX, possuindo uma estrutura inspirada nos rituais e nos paramentos da franco-maçonaria. Distingue-se de organizações semelhantes desde a sua criação por aceitar homens e mulheres de quaisquer etnias indistintamente.

5 [N. do T.] O texto diverge ligeiramente do juramento oficial da IOGT-NTO, que é o seguinte: "*Como integrante da* IOGT-NTO, juro *trabalhar em prol de uma sociedade melhor com base* no estatuto e no programa do movimento IOGT-NTO. Dessa forma, juro viver uma vida de temperança, ou seja, não consumir bebidas alcoólicas com teor alcoólico acima de 2,25% em volume nem drogas ou outras substâncias estupefacientes com efeitos narcóticos."

A congregação inteira murmurou aquele juramento. Os abstêmios eram numerosos no município, e outros também vieram de carro da cidade e de outros municípios vizinhos. O pai, Sven, estava bem lá na frente no atril cor de madeira e observava os irmãos e as irmãs ali congregados naquela noite de sábado para aceitarem em suas vidas a abstinência e suas benesses. Eu me acostumei a chamar o Sven de pai, pois guardava no meu âmago a palavra pai como um segredo. Preparei o café juntamente com a Birgitta e os meninos. A Birgitta passou o dia todo assando bolinhos, e eu, o Ulf e o Urban corremos pela cidade tocando a campainha de todas as portas. Chegou a hora de se tornar abstêmio, o Ulf dizia, o Urban logo atrás dele olhando com aquele seu olhar. Aquele olhar que fazia com que a gente imediatamente quisesse fazer a vontade dele. Eu ainda não estava habituada e ficava bem longe, na rua com neve, só olhando, mesmo assim eles queriam que eu os acompanhasse.

— É mais convincente com uma menina — explicou o Ulf, que era quem mais se encarregava do discurso.

Ele realmente tinha o dom da fala e sabia dar um brilho ao olhar e às palavras, mesmo quando falava de forma determinada.

Nós angariávamos novas adesões para a IOGT-NTO na mesma rua em que os filhos do pastor angariavam novos fiéis para a igreja pentecostal. A maioria dos moradores aderiu a ambas. Quem não se entregava à abstinência nem a deus praticava esportes. Eu aprendi a andar de esquis na trilha que atravessava a floresta, e aquilo era como voar. Era realmente como voar. A neve, os esquis, a parafina e direto para a trilha. Alguém poderia dizer que eu vivia para os esquis. Que eles eram os meus melhores amigos, que éramos uma coisa só e era natural que fosse assim entre nós. Não havia nada que eu precisasse aprender como o juramento de abstinência, que eu agora murmurava sem entender, enquanto, no mais profundo silêncio, arrumava os copos de plástico na mesa comprida coberta com uma toalha descartável de papel.

Em algum lugar estava o meu pai. Lá, ele vivia e respirava. Será que em algum momento ele pensava em mim, na sua filha? Será que ele sentia a minha falta?

— Ulf. Conheces o Conrad? — perguntei, em voz muito baixa, mas sem chegar a sussurrar.

— Não. Mas conheço gente que conhece — ele respondeu. Em breve vou contar uma coisa importante. Algo que tem a ver com o que vamos fazer, nós dois. Tu e eu. Não pode haver mais ninguém, entenda isso.

— Se me ajudares com o Conrad, então eu faço o que quiseres. Mas tem que ser nessa ordem — respondi.

— A ordem não importa para mim. Sou paciente — o Ulf retrucou, colocando as térmicas com café na mesa.

— Sabes que eu saio de carro de madrugada, não sabes?

Eu sabia. O Sven escondia a chave do carro debaixo do travesseiro, mas ele tinha um sono tão pesado que aquilo de nada adiantava. O Ulf simplesmente levantava o travesseiro e então não levava muito tempo até ele dar a partida no carro. Aonde ele ia de carro eu não sabia. Mas depois de algumas horas, o carro estava de volta. Eu ouvia quando ele freava. Ele não fazia nada para não ser escutado, não tomava cuidado algum, os freios faziam um barulhão, com certeza ele devia chegar em alta velocidade.

O Ulf colocava a chave de volta no lugar e depois ia se deitar. O único senão é que era difícil acordá-lo de manhã.

— Conheço gente que conhece. A Greta já conheces, mas a ela não podemos perguntar, porém ao Rolf na cidade vizinha sim — o Ulf disse, colocando os bolinhos no cesto.

Ninguém mais da família falava comigo além dos dois. A Birgitta em particular estava chateada por minha causa. E certamente também desapontada. Afinal, ela queria ter uma menina só dela e que pudesse ser como ela. Ser como ela e sentar-se ao lado dela no sofá depois do jantar fazendo trabalhos manuais, ou só conversando. Eu não conversava, ou quase não conversava, apesar de eu saber todas as palavras e apesar de eu agora me afinar com os demais.

Eu tentava me sentar ao lado dela no sofá de couro curvo com uma xícara de chá e fazer um esforço. Eu comia as guloseimas com o maior apetite: broas de amêndoa e geleia, biscoitos finlandeses. Os farelos se acumulavam nos cantos da boca, e ela os limpava várias vezes com um guardanapo e me pedia para ser caprichosa, dizendo coisas assim:

— Sê caprichosa contigo mesma. Nós só temos uma vida, e é importante fazermos uma boa figura, entenda isso. Tens que escovar o cabelo e tomar banho todos os dias. É importante, entenda isso. Tão importante quanto todo o restante.

— Que todo o restante? — perguntei.

— Os sentimentos. O que acontece dentro de ti quando estás nesse mundo.

— Como quando eu ando de esquis e as lembranças surgem? — perguntei.

— Que lembranças? Do que é que você se lembra? — ela perguntou.

Nesse ponto eu pensei com cuidado. Que lembranças eu deveria revelar a ela de modo que não a assustasse?

— Como a lembrança do meu pai — tentei, mesmo sabendo que era a lembrança errada.

— Sim, essa lembrança só pertence a ti. Jamais poderemos entender essa lembrança. Tens que recolher mais memórias. As que estão ali, por exemplo, ela disse, apontando para o meu quarto. No que há no quarto.

Fiz como ela sugeriu. Fui com pressa ao quarto com a cama e o lençol com estampa de flores e a persiana marrom, a mesinha de cabeceira de madeira clara que o Sven fez para mim. Era um armarinho com portinha e puxador e nele ficava o livro que eu lia à noite antes de dormir. O livro sobre deus que ganhei do serviço social, como uma espécie de presente de despedida.

— És uma menina bonita, sabes? E a beleza é acompanhada de certos privilégios.

Privilégios? — pensei. E saboreei aquela palavra de fio a pavio.

— Sim, vantagens. É fácil para as pessoas gostar de ti. Mesmo assim tens que te esforçar.

Esforçar-me, pensei, limpando a boca com o guardanapo.

Compreendi que aquela conversa era importante para ela, para a Birgitta. Ela queria me conhecer. Mas eu não sabia como fazer. Não queria saber nunca.

Eu ia de um lado para o outro pela casa. Era tudo feito de madeira clara, os armários da cozinha, as camas e a escada que levava ao andar de baixo, onde ficavam os dormitórios e a sala de pingue-pongue. Os filhos haviam colado adesivos por toda a parte. "Nós orientistas não bebemos nenhuma gota" ou "Nós esquiadores não bebemos nenhuma gota". Eu também tinha um adesivo redondo no encosto da cama. "Nós ginastas não bebemos nenhuma gota". Achei que aquele adesivo tinha sido escolhido especialmente para mim pelos filhos. Eu seria ginasta, o adesivo parecia dizer. A casa fora construída numa encosta, portanto, tinha um piso no lado que dava para a rua, mas dois pisos no outro lado. O debaixo se chamava "subterrâneo", o Sven disse. O próprio Sven construiu a casa inteirinha, desde os fundamentos. Compreendi, pela maneira como ele falava da casa, que ela era a coisa mais importante que já aconteceu na vida dele e pensei que as coisas importantes variam de pessoa para pessoa. Além da encosta, ficavam os pastos das ovelhas, depois o terreno seguia livre até o rio que passava por ali e que transbordava na primavera. Isso o Urban me contou, era lá que ele passava a maior parte do tempo, no rio, e ele contou ainda que, no verão, quando o rio secava, o leito podia permanecer visível por várias semanas.

De vez em quando, eu podia acompanhá-lo. Caminhávamos em silêncio, o Urban levando as varas de pesca, e eu a sacola de plástico com a térmica de café. O Urban tinha quinze anos e já tomava café e achava que eu também podia aprender a tomar café, de modo que eu tomei goles pequenos da caneca de plástico quando fizemos uma pausa. Gostei mais do aroma do que do gosto, mas do que eu mais gostei foi da quentura, então tomei o café rápido demais e aquilo me queimou a boca e amorteceu o céu da boca e a língua e com isso o gosto do café não era tão forte. O Urban me ensinou a pescar. Às vezes, pescávamos com moscas, mas também ocorria de usarmos iscas vivas. O Urban ficava atrás de mim, e segurávamos juntos a vara de pesca, e a linha dançava nas nossas mãos e no ar até que a mosca chegasse na superfície da água. Eu gostava de ficar assim perto do Urban e eu me curvava na direção dele, e ele com aquela paciência que nunca tinha fim. Ele me ensinou repetidas vezes como a linha de pesca devia dançar. Claro que ele percebeu que eu apertava o meu corpo contra o dele, mas nunca demonstrou nada. Nunca deu a entender se ele gostava daquilo como eu gostava ou se ele apenas me deixava continuar.

A água brilhava, e a correnteza era forte. Caminhamos lentamente pela beira da praia com as varas de pescar na mão. Seguimos a correnteza e não dissemos mais nada durante horas.

Ele fumava até mesmo na hora do café. Tirava o maço do bolso e acendia um cigarro. Fiquei olhando para ele, surpresa, pensando no juramento de abstinência e tudo o que não se devia fazer, mas não tive coragem de perguntar nada, mesmo assim ele deve ter notado o meu olhar na primeira vez que aquilo aconteceu, pois disse:

— Isso ajuda a pensar.

Ele fez uma pausa e continuou:

— E quanto ao álcool, o Sven está mal informado. As bebidas alcoólicas são a melhor coisa que existe. Só tens que cuidar para não exagerar na frequência, tens que escolher muito bem a ocasião. Além disso, embebedar-se custa caro. Tens que tratar de ter tempo suficiente, tanto para a bebedeira em si como para o depois.

Não me atrevi a perguntar se eu podia participar quando ele fosse beber. Mas experimentei o cigarro que ele fumava. Traguei a fumaça e a segurei na minha boca, antes de soltá-la outra vez.

— Tens que puxar um pouquinho para o pulmão, mas com muito cuidado para começar. A fumaça tem que descer e golpear os pulmões. Essa briga é que é bacana, já a nicotina, sim, o verdadeiro veneno, sobe direto para o cérebro e extrai os pensamentos direito. Vais aprender a apreciar isso.

— Sim, da próxima vez eu vou tragar — retruquei.

O Urban nunca tinha falado tanto assim comigo antes, e eu tive que ficar sentada um bom tempo com todas aquelas palavras, revirando-as. O que foi que ele me contou? Ele tinha segredos para a própria família?

— O Sven sabe de tudo isso? Ele sabe que tu fumas e bebes? — perguntei.

— Sim, sabe — ele respondeu.

— Ele não fica chateado com isso? Já que ele bota tanta fé nessa coisa de temperança?

— Sim, ele fica mesmo chateado. Mas isso não é nada com que a gente deva se preocupar.

— Aonde o Ulf vai de carro todas as noites? — também perguntei, pois me parecia uma boa ocasião para perguntar isso.

— Vai visitar uma garota na cidade vizinha — ele respondeu.

A Birgitta iria a Umeå[6] para comprar novos padrões na loja de costura. Eu iria acompanhá-

---

6 Umeå (*Ubmeje* ou *Upmeje* na língua sámi) é a capital do condado da Bótnia Ocidental e distrito sede da comuna homônima e da quinta maior universidade da Suécia (com cerca de 16 mil estudantes). Com uma população total de mais de 90 mil habitantes, é a maior cidade da região da Norlândia e a décima terceira maior da Suécia.

-la, e ela me vestiu com uma saia de lã e luvas também de lã. Eu também havia ganhado um gorro branco de pele e achei que eu parecia uma garotinha ao me olhar no espelho. Bem como ela devia querer que eu parecesse. O carro cheirava a chiclete, pois a Birgitta mascava-os o tempo todo. Ela vestia um sobretudo elegante e havia usado bobes nos cabelos para deixá-los encaracolados. Ela não usava gorro, apesar de a temperatura lá fora estar abaixo de zero. Ela realmente queria exibir o cabelo. A viagem de carro até Umeå levou quarenta minutos, e a Birgitta ouviu música durante todo o trajeto. Eu tinha ouvido o órgão sendo tocado na igreja pentecostal, com uma sonoridade que mexia comigo, a ponto de fazer as lágrimas verterem. O pastor cantava com voz sombria enquanto o coro o acompanhava com vozes luminosas. A gente convivia com os filhos do pastor, porém, da igreja propriamente dita, o Sven e a Birgitta não gostavam nada. Claro, pois eles tinham a sua própria crença, pensei. Mas aquela música eu guardei comigo.

A Birgitta ouvia música dos anos 1950, segundo ela me explicou:

— Essas eram as canções que tocavam quando eu ainda era jovem e gostava de dançar. Essa música me deixa alegre, entendes?

Entendi que ela estava alegre, pois ela cantava fazendo coro nos refrões, pisava fundo no acelerador, e fiquei pensando que todos naquela família se comportavam de uma maneira diferente quando agiam espontaneamente, ou quando o Sven não estava no ambiente. A neve ao longo da estrada estava imunda. A Birgitta acelerava adiante.

Depois, já na loja de costura, ela quis ver os novos padrões. A dona da loja trouxe as caixas e mostrou: um alce branco numa floresta, elfos dançando em meio à cerração numa campina, um rosário com o texto: "O melhor dia não é o que satisfaz, o melhor dos dias é um dia voraz."[7]

— Qual devo escolher? — a Birgitta perguntou.

— O alce branco — respondi.

— Vou bordar esse para ti. E também vou levar o rosário para mim — ela afirmou à dona da loja.

Olhei para o padrão com o alce branco. Ele seria meu? Uma coisa tão bonita assim? Os meus olhos ardiam, e fiquei feliz quando saímos da loja e o ar seco enxugou as lágrimas que ameaçavam correr dos olhos.

— Vamos passar na livraria também — a Birgitta falou, colocando um braço sobre o meu ombro.

Era evidente que ela gostava de andar pela cidade. Eu não sabia como me sentir. Se como uma amiga ou uma filha, mas na verdade eu não era nem uma coisa nem outra, então eu endirei-

---

[7] Versos retirados do poema "I rörelse" ("Em movimento"), de Karin Boye (1900–1941): "Den mätta dagen är aldrig störst, / den bästa dagen är en dag av törst". Duas outras possíveis traduções desses versos e três diferentes traduções desse poema podem ser lidas na revista eletrônica de poesia e tradução *Escamandro*: https://escamandro.wordpress.com/2017/10/09/poesia-nordica--karin-boye-por-luciano-dutra/

tei as costas e dei pinotes até conseguir me soltar dela e caminhar desimpedida.
Já na livraria, a Birgitta queria comprar um romance novo.
— Vou levar um autor nacional. Esse aqui acaba de lançar um novo romance — a Birgitta disse, me mostrando o livro antes de colocá-lo sobre o balcão.
— Queres alguma coisa? É bom que leias um pouco — ela propôs, olhando na direção da prateleira de infantojuvenis.
— Quero aquilo — retruquei, apontando para uma parede.
— O que é? — a Birgitta também olhou e perguntou.
— Um mapa do Mediterrâneo — respondi.

O machado partiu a lenha e as achas caíram cada uma para um lado.
— Não precisas fazer força. O peso do machado é suficiente, o importante é o movimento em si. Tenta outra vez — o Urban disse.
Tentei outra vez. Coloquei a lenha sobre o toco e ergui o machado até atrás das costas. Depois, apenas acompanhei o movimento e parti a lenha sem colocar força e fiquei surpresa ao ver que a madeira se partiu obedientemente com apenas um leve golpe.
— Isso mesmo, agora já sabes — o Urban constatou e depois se foi.
O rio ribombava lá embaixo enquanto eu partia um pedaço de lenha atrás do outro. Arro-

java-se adiante e seguia com um suspiro aliviado quando ocupava um lugar mais amplo. A neve pendia dos arbustos e das árvores e quem tentasse entrar no rio afundaria até os ombros. Havia um ritmo próprio no machado que ressoava e na língua do rio ali embaixo. O corpo estava como que aprisionado no movimento, e pensei que aquilo era algo como a música. Eu golpeava e voltava a golpear. Eu iria rachar toda aquela pilha de lenha. O céu ficou vermelho depois que o sol se pôs. O vapor saía da boca a cada respiro. Vou escrever uma carta, pensei com meus botões. Vou começar hoje à noite, pensei, cortando mais uma acha. Não sei quanto tempo fiquei ali, mas por fim o Urban voltou.

— Podes parar agora. Venha ao menos tomar um cafezinho. Estás com os lábios roxos.

Só percebi que eu estava congelando quando entrei na casa, onde a mesa com o café da tarde estava preparada.

Peguei papel e caneta e me sentei à escrivaninha. O céu estava iluminado de estrelas. Eu sabia que aquilo era só o começo. Ambas as coisas eram certas. Uma das coisas não podia ser mais certa do que a outra.

"Conrad", comecei a escrever. "Sou eu que estou te escrevendo. Tu te lembras de mim. Não deixes de acreditar nisso. Logo chegará o momento de nos reencontrarmos. Estou morando com uma família. Todos são queridos comigo.

Aprendi muita coisa nessas últimas semanas. Sei que estás no hospital na cidade. Tens que contar tudo.

Tua filha."

 Fechei o envelope, escrevi o meu endereço no verso e folhei a lista telefônica que tinha ido buscar na mesinha do telefone no andar de cima. Achei o hospital na lista e escrevi o endereço e o nome "Conrad" na frente do envelope. Com certeza só devia haver um Conrad lá. A carta chegaria ao destinatário, disso eu tinha certeza.

 A caixa de coleta dos correios ficava em frente ao quiosque, ao lado do supermercado. Vesti o anoraque e saí naquele frio levando a carta. A neve ciciava, e não pensei que eu só estava de roupa de dormir por baixo do anoraque. Não notava nem o frio nem as estrelas ao caminhar. A cada respiro eu soltava vapor. A neve clareava a escuridão. Que bela é a vida, me ocorreu, sem saber se se tratava de um salmo que eu tinha ouvido ou se simplesmente era algo que eu mesma havia pensado. Eu não quero morrer, veio em seguida à minha mente, e eu não sabia que eu antes quisera morrer, mas naquele momento entendi que era o caso.

 Eu tinha umas moedas no bolso e foi o suficiente para pagar o selo. Lambi o selo com cautela e o apertei com força no envelope. A caixa de coleta recebeu a minha carta, e a janelinha bateu quando soltei o envelope lá dentro.

Naquela noite tive febre, o meu corpo tiritava e doía ali deitado no leito. Olhei para o meu alce branco bordado em ponto de cruz e para o mapa, o mar parecia tão vivo, apesar de ser desenhado. Percebi que o Urban e o Ulf estavam no quarto e senti as mãos deles na minha testa. A Birgitta trouxe um remédio, e as paredes até então pulsantes pararam de pulsar e eu adormeci e vi os filhos do pastor cantando em coro e era sobre o fim da humanidade que eles cantavam. Eram eles, o Daniel, o Josef e o Benjamin, esses eram seus nomes, os três estavam de pijamas à beira do rio e cantavam assim junto com o rio até que de repente mergulharam nele e desapareceram. Se eu era crente no sofrimento de deus, eles me perguntaram submersos na água, se eu cederia o meu corpo Àquele que está nas alturas velando por todos nós. O que eu realmente sabia sobre a misericórdia, eles cantavam. Se alguma vez eu já havia cantado em louvor ao deus vivente, eles cantavam juntos com o rio que urrava.

A carta. A carta. Acordei. Me sentei na beira da cama. Era madrugada. O radiorrrelógio digital sobre a mesinha de cabeceira indicava 4:43. Eu tinha enviado aquela carta. Tinha certeza de que o meu pai iria ler o que escrevi. Que primeiro iria segurar o envelope nas mãos e depois iria abri-lo com cuidado e por fim ler. Ler o que eu escrevi. Que efeito aquelas palavras teriam nele? O que ele faria depois de lê-las? Será que iria largar a carta na mesinha de cabeceira e ponderar aquelas palavras? Será que a lembrança de mim estaria lá instantaneamente? E depois a pergunta que me assustava mais do que todas as outras. Será que ele responderia à minha carta, ou simplesmente a engavetaria para nunca mais se lembrar? Será que ele se lembra de mim? Da sua filha? Será que eu iria desaparecer ou seria resgatada? Antes de mandar a carta, eu nutria sempre alguma esperança, mas agora eu havia forçado uma definição. Repeti aquela palavra, definição, e me levantei da cama.

Fazia silêncio na casa, à exceção do ronco do Sven atrás da porta do quarto. Fui até o andar de cima e me sentei à mesa da cozinha. Comi uma torrada que restara na cesta de pão sobre a mesa. A bonita sobretoalha marrom e branca de tricô jazia sob a cesta. Chupei a torrada até ela ficar molhada e se esfarelar.

Depois peguei três cubinhos de açúcar de um cestinho de palha e os mordisquei até a boca ficar cheia de farelos de torrada e açúcar. Empurrei tudo garganta abaixo bebendo leite direto da caixinha, que depois larguei na bancada da cozinha.

Ouvi quando a porta da frente se abriu e o Ulf entrou. Ele tirou a roupa de frio rapidamente, fez um sinal para mim com a cabeça e desceu ao andar de baixo. Ouvi quando ele abriu a porta do quarto onde o Sven dormia e pensei que ele de fato iria colocar a chave do carro de volta em seu lugar. Ouvi quando ele foi ao seu quarto e fechou a porta. Depois voltou a fazer silêncio na casa.

Vesti o macacão de esqui, apesar de ser desajeitado demais de vestir, puxei o gorro para cobrir a cabeça e coloquei as luvas. Depois, peguei os esquis e os afivelei. Fazia frio lá fora, o céu estava claro de estrelas, e a neve coruscava na madrugada. Estava seco adiante e os esquis deslizavam bem, apesar de não haver uma trilha formada. Pulei uma *congère* no caminho até a estrada principal e passei por ela chegando a seguir à floresta cujas árvores estavam completamente escuras, apesar de aquela trilha permanecer iluminada até mesmo de madrugada. Eu seguia a trilha, deixando os bastões fazerem o trabalho na primeira parte do trajeto. Depois, a velocidade encaixou, e as pernas e os braços faziam a sua parte. O corpo inteiro estava entregue à velocidade e na primeira descida foi como se ele gargalhasse.

A escola era um pavor. Até então, eu não precisava acompanhar o Ulf e o Urban no ônibus escolar até a cidade. Eu dispunha dos meus dias para mim e comecei a fazer bordado em ponto de cruz com a Birgitta e a andar de esquis, fazia longas caminhadas à margem do rio. Porém, depois do Natal, isso acabou. O diretor da escola, que conhecia o Sven, queria que eu passasse a frequentar as aulas, e o Sven pensou em que série eu devia começar. Afinal, eu já sabia ler e escrever e não teria problemas com a educação física, era mais a questão social, ouvi ele dizer ao telefone um dia.

Ficou decidido que eu iria começar na sexta série. Afinal, eu já era grande, mas agora eu contava os meus poucos dias de liberdade que restavam e claro que senti medo. Claro que eu não queria aquilo. Eu não tinha curiosidade pelos outros, apesar de ter espiado várias vezes o álbum das classes do Ulf e do Urban. O Benjamin, o filho mais novo do pastor, frequentava a mesma escola, e também a Britta, a filha da AnnaLisa, que sempre comparecia às reuniões da IOGT-NTO. Sim, vários outros também eram assíduos, mas talvez não comparecessem todas as vezes como a AnnaLisa e a Britta. A Anna-Lisa era amiga da Birgitta, apesar de ela parecer tão encantada com o Sven a cada vez que ele ocupava o púlpito. A Britta era uma menina com quem eu devia fazer amizade, a Birgitta disse.

— Uma menina bacana, ginasta, realmente fantástica — disse a Birgitta, que em segredo nutria esperanças de que a menina e o Ulf namorassem.

Naturalmente, ela não sabia nada a respeito da garota que o Ulf ia visitar de carro todas as noites. A Britta tinha uma beleza própria, desigual. Eu gostava de observá-la de diferentes ângulos quando sentávamos as duas juntas no salão de reuniões. De um determinado ângulo, a boca da Britta parecia enorme, e o nariz era tosco. De outro ângulo, ela parecia linda como uma boneca e, de um terceiro, totalmente comum, apenas um pouco pálida. Um rosto assim tão variável era muito interessante, e foi só depois de estudar o rosto dela que eu um dia descobri o meu próprio rosto no espelho.

Eu achava que tinha dois lados. O lado esquerdo era delicado, o nariz pequeno e a boca também. Já o lado direito era mais tosco, mas o rosto ainda tinha alguma harmonia graças aos olhos verdes e às sobrancelhas, que eram grossas e escuras. A Birgitta dizia que eu era uma menina bonita. Mas não era em busca disso que eu estava. Eu tentava lembrar do rosto do meu pai no instante em que olhamos um para o outro totalmente serenos. Eu me lembrava dos olhos verdes e tristonhos dele, mas todo o resto era difícil de evocar. Eu me lembrava do queixo dele. Que era um pouco proeminente. E de sua boca. Que se parecia com a minha.

Fiquei imaginando a escola. Me imaginei entrando na sala de aula e me sentando numa das cadeiras. Imaginei que a professora iria me apresentar à turma, mas que depois disso me deixariam em paz. Afinal, eu sabia que eles tinham medo de mim. Que falavam de mim quando chegavam em casa. Entendi que eu estaria só. Na verdade, eu já estava só. Mas aquela solidão seria diferente. Uma coisa era estar só os dias inteiros apenas com a Birgitta para conversar, outra coisa era estar só com tantos outros em volta. Aquilo era uma guerra, pensei. Tens que guerrear. Não sei de onde veio aquela palavra, guerra, mas uma vez que ela surgiu ali, era impossível substituí-la por qualquer outra. Guerra. Aquilo era uma guerra. Eu tinha que ser mais forte. Tão forte que não seria eu quem estaria só, mas os que me evitavam é que estariam sós. A minha solidão devia se tornar a solidão deles. Decidi dar tudo de mim nas tarefas escolares. Eu iria aprender tudo. Não era nada difícil. Não se a gente quiser. Decidi que queria começar a frequentar a escola. Ao querer aquilo, eu mudava as regras do jogo. Eu iria vencer. Aquilo me tranquilizou. A angústia que eu sentia antes desapareceu e foi substituída por uma calma que até então eu só conhecia depois de uma volta com os esquis. Eu só precisava do meu pai, pensei, e ao pensar compreendi que era verdade. Que o olhar perplexo da Birgitta provinha dessa constatação: de que eu não precisava deles.

— Fico tão feliz que estejas aqui, Anna — a Birgitta disse quando eu subi para tomar o café da manhã.
Ela trouxe pratos e colheres, e eu pus a mesa. Trouxe xícaras para o chá e colherinhas. A Birgitta veio com o cestinho com o pão matinal saindo do forno, além de manteiga e geleia. Ela gostava de café da manhã inglês. Certa vez, ela contou quando ela e o Sven viajaram só os dois para Londres. Quando eram jovens. Antes de terem filhos. Se hospedaram num hotel e tomavam café da manhã inglês e chá da tarde todos os dias. Também foram assistir a um musical. *Jesus Cristo Superstar,* cujo disco também compraram.

— Foi absolutamente fantástico, sabes? — ela me contou um dia.

Ela veio até mim e me mostrou o disco, perguntando:

— Queres que eu ponha para tocar?

A música fluiu da caixa de som e, enquanto Jesus cantava pregado na cruz, eu tentava fazer coro acompanhando a letra impressa na capa do disco, porém, como eu não sabia inglês, aquelas palavras não significavam nada para mim. Mas a música era bonita. Completamente diferente dos salmos da igreja pentecostal.

— É tão bom ter uma menina aqui em casa. É tão bom te ter aqui. Pensei nisso quando me reuni com o Erik, e ele disse que todos nós devíamos ficar felizes com a tua chegada. Que eras uma bênção. Foi o que ele disse.

Erik é o pastor da igreja pentecostal e a pessoa que representa o Espírito aqui na cidade. O Sven é mais um representante do corpo e da mente. Foi assim que eles haviam dividido as coisas entre si, para que um não atravancasse o caminho do outro. Nada era mais importante aqui do que o consenso entre os munícipes, depois o centro comunitário e a igreja ficavam uma ao lado do outro. O Erik e o Sven às vezes organizavam a programação juntos para que não houvesse colisões, ou para que a congregação pudesse passar diretamente da igreja à abstinência, ou vice-versa.

Depois, ela continuou:

— E o Erik tinha mesmo razão. Ele tem tanto jeito com as palavras. Eu jamais teria pensado aquilo. Que tu serias uma bênção. Eu provavelmente teria pensado que ficaria feliz de te ver. Algo desse tipo. Mas bênção realmente é uma palavra muito melhor.

Eu não sabia o que responder, por isso continuei pondo a mesa. Peguei os guardanapos e os coloquei na mesa, tirei a panela com água fervendo do fogo e preparei o chá. Uma bênção, pensei, e observei como a água ia ganhando uma coloração castanha. Era isso que eu era, uma benção? Bem, o Erik devia saber do que estava falando.

Quatro dias depois, a carta chegou.

Escondi a carta debaixo do blusão, prendendo-a no cós da calça, e tentei passar andando normalmente pela Birgitta, que estava sentada no sofá fazendo bordado em ponto de cruz. O meu coração batia acelerado, era como se ele tivesse caído na boca do estômago e lá batesse e era como se todo o campo de visão branqueasse. Eu tinha a boca seca, mal conseguia respirar. Era uma espécie de terror. Como se todo o resto fosse apagado, exceto as batidas do coração. Dar os poucos passos da escada até o meu quarto foi como andar várias léguas.

Fechei a porta e me sentei à beira da cama. Ergui o blusão e peguei a carta. Cheirei-a. Tinha cheiro de papel morno e cigarro. Eu estava aterrorizada demais para conseguir abrir a carta. Eu precisava lê-la com serenidade, pensei, pedindo que o coração parasse de me golpear.

Me deitei de bruços na cama e comecei a inspirar e expirar lentamente. O travesseiro tinha cheiro de amaciante e cabelos. Apertei os olhos o máximo que consegui. Contraí o corpo inteiro, os punhos cerrados, o rosto, e fiquei deitada durante alguns segundos até voltar a relaxar, sentindo como o corpo lentamente voltar a si mesmo.

Me virei na cama até ficar deitada de costas. Cravei o olhar no mapa. Li os nomes das cidades das ilhas: Tessalônica, Tassos, Cefalônia, Ítaca e, bem lá no meio do oceano, Chipre.

Voltei a me sentar e peguei a carta. Abri o envelope com o indicador e abri a folha de papel que estava recoberta de letras à tinta.

Comecei a ler:

"Aconteceu uma coisa quando estávamos voltando do cinema ontem, eu e o Rolf. Acendi um cigarro, do nada veio uma pessoa e deu um tapa no cigarro, o que fez o cigarro cair da minha mão. Porém, a questão era: onde foi que o cigarro caiu? Batemos cabeça procurando e tentando achar o cigarro, mas não o achamos, então o Rolf disse, será que caiu no teu bolso? E foi ficando claro que tínhamos razão, pois o cigarro estava no bolso direito do meu sobretudo e tinha feito um buraco no bolso, e ambos ficamos tão exaltados que acabamos ficando calados a noite toda. Inclusive eu pendurei toda a minha roupa no banheiro do hospital, pois pensei que se alguma coisa voltar a queimar, é melhor que as roupas estejam penduradas no banheiro."

Li a carta várias vezes. Revirei cada palavra na tentativa de encontrar algo naquelas palavras, ou por trás daquelas palavras. Alguma mensagem endereçada a mim, porém não encontrei nada. O coração ainda batia como um punho cerrado no meu estômago. O que a carta dizia de fato? Que ele tinha ido ao cinema com o Rolf. Seria o tal Rolf do qual o Ulf tinha me falado? Ele podia sair do hospital? Se fosse o caso, seria uma boa notícia. Ele ia ao cinema. Ia ao cinema e fumava cigarros. Ele tinha medo do fogo.

Pensei que o acontecimento que ele descreveu devia ser recente. Fui buscar o jornal e folhei-o até encontrar a programação do cinema nas últimas páginas. O Grand exibiu um filme de espionagem na sala maior e um velho oeste na menor. Qual dos dois filmes ele teria assistido? Aposto que foi o velho oeste.

Decidi duas coisas: escrever outra carta e ir ao cinema no sábado. Obviamente eu queria ir sozinha. Eu podia pegar o ônibus até a cidade, mas se não fosse possível, eu teria que ir com o Ulf ou o Urban. De preferência com o Urban.

Guardei a carta na gaveta da mesinha de cabeceira e a cobri com o jornal.

Eu nunca tinha ido ao cinema. Fiquei contente de que logo eu iria assistir ao mesmo filme que o meu pai viu uma semana antes. Pensei em como eu iria falar com o Sven e a Birgitta sobre a minha ida ao cinema. Com certeza eles iriam querer que alguém me acompanhasse. Mas também podia acontecer de eles me incentivarem a ir sozinha. Uma noite os ouvi conversando, disseram que não era bom eu passar tanto tempo em casa. Que eu devia ter outro passatempo além de andar de esqui. Algum esporte de equipe. Vôlei, eles decidiram, o Sven iria conversar com o treinador.

Eu iria puxar o assunto com a Birgitta quando a gente estivesse bordando. Ela sempre ficava de bom humor quando bordava. O pior que podia acontecer seria ela querer me acompanhar. Talvez eu devesse ir num domingo, quando ela estaria ocupada preparando o café para a reunião da IOGT-NTO. Por outro lado, eu tinha a certeza, não sei exatamente por quê, de que o Conrad teria licença para deixar o hospital no sábado. Talvez eu topasse com ele lá. No cinema.

O Ulf veio me buscar. Eu estava deitada na cama olhando para o mapa. Agora eu já sabia os nomes de todas as ilhas e das cidades continentais da Grécia.

— Vem. O Daniel, o Josef e o Benjamin chegaram. Vamos todos à igreja — ele disse.

Não perguntei por quê, apenas me levantei da cama e fui até o corredor. Coloquei o anoraque e o gorro e me enfiei nas calças de inverno. Fazia quinze graus abaixo de zero lá fora e o vapor entrava e saía da minha boca. Fiz um gesto com a cabeça cumprimentando os filhos do pastor, que aguardavam enfileirados na rua.

Ainda sem dizer nada um ao outro, subimos a encosta em direção à igreja pentecostal. O Daniel tinha a chave e abriu a porta. Eu nunca tinha entrado na igreja sem que toda a congregação estivesse lá. Os bancos de madeira vazios pareciam uma boca sem dentes. Os livros de salmo jaziam amontoados numa mesa de madeira e bem lá no fundo estava a peça de altar com o Jesus crucificado. Senti um tremor. Que parecia um tremor de emoção. Mas não sei se era realmente isso.

— Coloca ela ali — disse o Daniel, o mais velho, apontando para o púlpito.

O Ulf pegou no meu braço e fomos juntos até o púlpito. Ele me colocou ali e me arrumou, me virando de frente para as fileiras de bancos vazios. Os filhos do pastor se sentaram na última fileira, e o Ulf foi até eles e também se sentou lá.

— Já podes começar — o Daniel disse.

Fiquei olhando para eles. Aqueles quatro garotos de cabelos claros com os olhos em mim. O que é que eles queriam? O que é que eu devia começar? As minhas pernas tremiam por eles ficarem me olhando daquele jeito. Eu queria sair dali. Queria me sentar ao lado deles e terminar aquilo com uma gargalhada, mas fiquei onde estava.

— Já posso começar o quê? — perguntei.

— A falar em línguas — o Daniel respondeu.

Não havia ninguém na congregação que falasse em línguas. Ouvi o Erik dizer que ele era uma pessoa rigorosa quanto à verdade e que, portanto, não iria permitir que ninguém fingisse na sua igreja.

— Eu mesmo não falo em línguas, apesar de ser pastor — ele disse.

Ele era rigoroso nesse ponto, portanto.

— Deus é quem deve falar através das pessoas. E a gente não deve brincar com as palavras de Deus. Elas podem estar lá como podem não estar. Só podemos orar, ler os textos e esperar. Mas jamais podemos adulterá-las. Jamais podemos fingir em nome d'Ele — o Erik dizia.

Mas o que é que ele queria dizer? Que eu devia permitir que deus falasse através de mim?

— Não consigo — eu disse.

— Tenta! — o Daniel exclamou, severo.

Às vezes, parecia que era ele quem decidia tudo naquela família. Até mesmo o Erik parecia débil ao lado dele.

Decidi tentar. Senti meu corpo arder. Mas de quê? Vergonha? Eu estava ali parada e sentia vergonha. Depois, abri a boca e comecei a falar:

As palavras jorravam, elas não tinham nem início nem fim, se aglomeravam e brincavam umas com as outras, se estendiam e se espraiavam da boca. Encheram a igreja toda, ribombavam e corriam como o rio, pensei, e era como se eu as observasse à distância e como se eu pudesse vê-las brincando umas com as outras. Mordendo umas às outras e sapateando. Eu nunca

antes havia me sentido como me sentia naquele momento, com a igreja lotada de palavras saídas de mim, do meu âmago mais íntimo. Elas irrompiam e pintavam tudo de azul à sua volta. Elas redemoinhavam e eu mergulhava em suas ondas. Vi uma menina deitada, dormindo numa cama, os cabelos esparramados no travesseiro. Me curvei até ela para acariciar sua bochecha. Então, ela abriu os olhos. Despenquei por um túnel e, quando acordei, eu estava deitada no chão. Os filhos do pastor e o Ulf estavam encurvados à minha volta.
— Eu sabia que eras capaz — o Ulf disse.

A minha vida se transformou. A cada domingo, eu falava em línguas, se esse era o nome do que eu fazia quando as palavras chegavam, como que jorrando da minha boca, e aquilo era a única coisa real. As palavras se entrelaçando e cantando. Os cultos estavam sempre lotados e os rumores se espalharam até as cidades vizinhas. O Erik disse:
— Não é mais o caso de ela frequentar a escola. É importante ela descansar, afinal ela despende uma enorme energia. Naturalmente, vocês compreendem que ela nos dá porções enormes de si mesma a cada vez que ela fala. Ela não é como todos nós. Eu mesmo posso dar aulas a ela, ensiná-la as Escrituras Sagradas.

Nessa parte, o Sven disse não. Ela não precisava virar uma carola só porque falava em línguas. O Sven e o Erik se encararam.

Continuei enviando cartas ao Conrad, apesar de não receber resposta alguma. Contava as coisas que eu fazia na minha rotina, mas omiti essa coisa de falar em línguas. Eu não tinha certeza de que era deus que falava através de mim e queria aguardar até saber um pouco mais a respeito disso. Além disso, intuí que essa parte poderia deixar o Conrad agitado. Afinal, ele já tinha o suficiente com o que se preocupar com as suas vozes. Procurei a palavra esquizofrenia no dicionário. Doença mental complexa caracterizada pela personalidade dissociada. Eu vinha pensando naquelas vozes há um bom tempo. Pensei que a minha voz desconhecida era saudável, até mesmo valiosa, enquanto a dele estava enferma a ponto de fazer com que ele precisasse ser internado num hospital. Pensei que as nossas vozes, apesar de diferentes, se pareciam. Que a diferença entre elas não era tão grande como poderia parecer à primeira vista.

Três sábados depois que recebi a primeira carta, eu iria ao cinema. Peguei o ônibus até a cidade. Consegui ir sozinha, como eu desejava.

O Grand ficava ao lado do centro comercial, perto do mar. Eu raramente pensava no assunto. Que a cidade ficava perto do mar. Talvez porque o centro ficava um pouco afastado do mar. Mas a gente só precisava caminhar cinco minutos para chegar ao mar. Agora havia uma banquisa de gelo, e o navio quebra-gelo jazia ancorado no cais só aguardando. O sol e todo aquele branco ardiam nos olhos. Apoiei as mãos na testa para fazer sombra o suficiente para conseguir ver além da banquisa, muito, mas muito ao longe. Eu queria andar sobre o gelo, mas não tive coragem, vai que ela quebra. Eu nunca tinha andado sobre o gelo antes e intuí que queria fazer aquilo na companhia do Urban.

Voltei a caminhar na direção do centro comercial, ao lado do qual ficava o cinema. Eu estava nervosa com a possibilidade de encontrá-lo. Afinal, se não fosse por isso, que necessidade ele tinha de me dar uma pista daquelas?

Fui até a bilheteria, onde uma mulher mais velha estava sentada lendo o jornal.

— Um bilhete para o velho oeste, um refrigerante e um saquinho de balas — eu disse.

Havia um cesto com saquinhos de balas prontos para pegar. Eu era a única pessoa ali, o que não era de estranhar, pois cheguei cedo. Eu não sabia quanto tempo levaria do terminal de ônibus até o cinema e queria chegar cedo para observar com atenção quem mais chegasse.

Os primeiros a chegar foram dois garotos vestindo gorro e anoraque. Apenas registrei a presença deles, depois mantive o olhar fixo na entrada. Que voltou a se abrir mais duas vezes. Duas garotas mais velhas que eu e três aposentados, moradores da residência geriátrica, surgiram pela porta. Todos iriam assistir ao filme de espionagem, portanto, quando as salas foram abertas, entrei sozinha na sala menor. Tirei o anoraque e comecei a comer balas. Que estavam deliciosas. Eu me deliciava longamente com uma bala de cada vez antes de começar a próxima. Eu estava numa matinê. Era uma palavra nova que vi escrita no painel em frente ao cinema. Sessão matinê do dia.

Me acomodei na poltrona quando o filme começou. Não fiquei desapontada porque o meu pai não apareceu. Era quase uma sensação gostosa ter a sala de cinema inteira só para mim, e quando a música e as imagens em movimento começaram, eu me senti feliz. Pensei nisso quase em voz alta. Estou no cinema e me sinto feliz.

Ao voltar para casa, escrevi uma longa carta para o meu pai, contando toda a minha vivência de ver aquele filme. Pensei que, se ele estivesse perdendo a memória, iria assistir ao mesmo filme várias vezes. Pedi a ele que aparecesse no cinema no sábado seguinte, para que a gente pudesse ver o filme juntos novamente e depois pedi que ele enviasse uma fotografia de quando ele era criança. Ouvi o Sven dizer que a mãe do Conrad tinha ficado demente e que a única coisa de que ela se lembrava eram breves episódios da infância. Da vez em que ela ganhou uma casinha de bonecas de presente de aniversário, que o pai dela havia feito e decorado com móveis e tudo o mais, e da sua primeira comunhão, sim, disso ela se lembrava. De quando o padre lhe deu a hóstia e o sangue de Jesus para beber. De que ela não gostou do sabor que sangue tinha e queria cuspir fora, mas como ela se forçou a tragar. Talvez o Conrad se lembre apenas de sua infância. Talvez eu tenha como começar nela e só depois invocar a lembrança do meu nascimento.

Então comecei a ficar nervosa porque no dia seguinte eu iria me apresentar novamente à congregação. Eu tinha medo de que nada saísse, nenhuma palavra, e que as pessoas ficassem desapontadas. Eu queria fazer o meu melhor, já que eles vinham por minha causa, alguns deles até mesmo de lugares distantes. Uma vez, vi a Greta sentada em meio à congregação, mas quando o culto acabou, ela não estava mais lá. Eu gostaria de ter perguntado a ela a respeito do Conrad. O que eu mais desejava era voltar para casa. A minha armadura. Será que ela continuava escondida debaixo do catre na cozinha? Alguma outra pessoa morava lá? Eu gostaria de saber. Eu achava que talvez ela voltasse no domingo seguinte, mas o fato é que nunca mais eu a vi.

Veio o domingo, o Erik me fez vestir o traje de linho e, como costumava fazer, me pediu para eu não fingir.

— Se sair, saiu. Não tens que fazer isso por mais ninguém, apenas por ti mesma. E se não quiseres fazer isso, não tens que fazer. Faz o que achares melhor. Acompanhe o desenrolar do culto. Depois da confissão de fé, farei um sinal com a cabeça para ti, e essa será a tua deixa. Vamos fazer as coisas como de costume, não é mesmo?

O Erik ergueu o meu queixo e me olhou bem nos olhos. Ele tinha olhos castanhos e eu não desviei o meu olhar. Nunca desviei do olhar dele.

— Tu és uma bênção. Um milagre. Mas jamais permita que isso seja um peso para ti. Jamais carregues um peso maior do que cabe à tua idade. Estás me ouvindo?

— Sim, estou — respondi.

— Ficas muito cansada depois disso?

Fiz que sim com a cabeça.

Acordei nos braços do Erik. Ele me carregou até a salinha do pastor, onde ele próprio costumava trocar de roupa, e me deitou sobre quatro cadeiras colocadas lado a lado em frente à parede.

Ele se sentou de cócoras ao meu lado, passou a mão nos meus cabelos algumas vezes e sussurrou:

— Foste fantástica hoje. Foste realmente fantástica.

No dia seguinte, recebi outra carta. Senti uma alegria dentro de mim ao ver o envelope que jazia no piso do corredor. Eu a peguei, esquecendo de escondê-la. Simplesmente desci as escadas correndo e entrei no meu quarto. Fechei a porta às minhas costas com um coice e me joguei na cama, abri o envelope. Uma fotografia em preto e branco caiu do envelope, e eu a segurei na mão e a observei por um bom tempo antes de começar a ler a carta propriamente dita.

"Aqui vai uma foto da minha mãe quando veraneávamos no Báltico, setenta quilômetros continente adentro desde Skellefteå. Eu não me recordo desse dia, mas lembro que veraneamos diversas vezes no mesmo local, apenas não me recordo precisamente desse dia. A minha mãe se chamava Gerda e também aparecem o meu irmão Göran, a minha irmã Märta e depois eu. A minha mãe e o pai eram separados, portanto ela conseguiu um trabalho num frigorífico que produzia charcutaria e com certeza não ganhava muito, mas devia ser o suficiente para ela e os três filhos. Havia uma máquina de costura no nosso quarto e um dia deu na veneta do meu irmão Göran que ele queria fazer um forte com soldadinhos, então ele foi até a caixinha de areia e trouxe um monte de areia e despejou sobre a máquina de costura, que é claro que nunca mais funcionou, mas ele conseguiu fazer o seu forte, pôde mantê-lo para sempre na máquina de costura."

    Ele tinha respondido à minha pergunta. Ou seja, funcionou começar perguntando da infância. Ele enviou uma fotografia, como eu havia pedido. O Conrad tinha um irmão e uma irmã, o Göran e a Märta. O que teria sido feito deles?
    Observei a fotografia. O meu pai olhando para a câmara com os olhos semicerrados por causa do sol. A Märta e o Göran brincando com um barco.

Ele era apenas uma criancinha, ainda assim era possível reconhecê-lo. Reconheci a ele e a mim mesma naquela foto. Alguma coisa em torno dos olhos e no osso da face, que era parecido. Era evidente. Não se tratava de imaginação, ou desejo. A semelhança estava ali. Corri até o Urban com a fotografia na mão. Ele sorriu e seguiu lendo a Bíblia como de costume.
— Urban, olha isso, Urban! — gritei.
Me joguei em cima da cama dele e estendi a fotografia.
O Urban largou a Bíblia lentamente sobre a mesinha de cabeceira. Recostou-se na cama e me lançou um olhar cujo significado eu nem quis saber de decifrar. Ele ficou olhando para a fotografia por um bom tempo.
— É o Conrad? — ele perguntou, apontando para o meu pai.
— Sim, é. É ele! Esse aqui é o Conrad, essa é a Märta e esse é o Göran, e essa aqui é a mãe deles, a Gerda.
Daí, perguntei:
— Urban, somos parecidos, não é mesmo?
O Urban voltou a olhar detalhadamente, e por um bom tempo, a fotografia do Conrad quando criança. Depois ele disse:
— Claro que são. Podes me deixar em paz agora?
Voltei ao meu quarto. Exultante com aquela semelhança recém-descoberta. Eu era parecida com ele. Ele era parecido comigo.

Fiquei enlevada com toda aquela semelhança. Eu tinha vontade de gritar bem alto. Simplesmente urrar sem que ninguém me ouvisse. Eu precisava sair. Sair de casa e ir andar de esquis. Troquei de roupa e desci as escadas correndo. O "a comida vai estar na mesa em quinze minutos" da Birgitta entrou por um ouvido e saiu pelo outro. Rua. Rua. Nem me importei com o casaco, peguei apenas o gorro e as luvas. Corri até a entrada da garagem, onde os esquis ficavam escorados, e os afivelei nos meus pés. Subi a encosta e logo já estava na trilha e lá o grito finalmente pode sair. Eu esquiava e chorava e gritava. Gritei tão alto como jamais gritei antes e era como se o meu corpo apenas esperasse uma oportunidade para gritar, todas aquelas semanas morando com aquela família. Foi um grito tão portentoso como um arranha-céu, uma parede de água, feito o rio na primavera, feito uma aeronave que se desprende e levanta voo. Gritei tanto que cada célula dentro de mim vibrou. Aquele grito foi como uma tempestade. Uma chuva torrencial. Aquele grito foi como uma lança. Como uma válvula de escape.

Eu estava salivando pela carne e pelas batatas ao voltar para casa. Um prato estava à minha espera na mesa, e a Birgitta me olhou com um olhar interrogativo. Tanto o Sven como a Birgitta começaram a me olhar assim desde que comecei a falar em línguas na igreja. Às vezes, eu achava que era como se eles sentissem medo de mim. A confiança deu lugar ao distanciamento. A conversa fiada à mesa do jantar como que desapareceu imperceptivelmente, e acho que senti falta daquilo. Eu queria mesmo ser como uma filha naquela casa, mesmo que todos soubessem que eu de fato não era. Depois do jantar, eu voltava a me trancar no meu quarto. Olhava e voltava a olhar a fotografia, como se ela pudesse contar algo além do que eu já sabia. Os cabelos escuros do meu pai, o jeito dele de inclinar a cabeça para um lado.

Fui ao banheiro levando a fotografia e a segurei ao lado do meu rosto. Posicionei o meu rosto inclinado exatamente como o dele. Depois, apertei os olhos e entreabri a boca deixando os dentes à mostra. A semelhança era gritante. Quantos anos o Conrad tinha naquela foto? Oito anos. Ele poderia ser o meu irmão menor.

Escrevi outra carta naquela noite. Eu tinha comprado papel de carta e envelope. O papel de carta era branco e estampava o escudo régio sueco com as três coroas. Fiquei na dúvida entre um papel de carta com estampas de cavalos e esse com as três coroas, mas no fim decidi que as coroas combinavam melhor com o Conrad. Escrevi apenas uma frase. Uma pergunta:

"O que fazes na tua rotina diária?
Tua filha."

Achei que era melhor escrever algo simples, para que ele não tivesse muito o que ponderar.

Fechei o envelope. Fui outra vez ao quiosque, levando a carta escondida sob o casaco. Comprei o selo com a senhora do quiosque e dessa vez levei algumas coroas suecas a mais para comprar balas. Comprei três balas em forma de diamante, uma para mim, uma para o Urban e uma para o Ulf. Elas eram bonitas, verdes e vermelhas, enormes. Durariam a noite toda. Despachei a carta e voltei para casa. Encontrei a Anna-Lisa e a Britta no caminho. Elas tinham saído para andar e passear o cachorro, era um *husky* siberiano. Eu tinha visto o cachorro delas várias vezes e achava ele bonito com aqueles seus olhos azuis de gelo e os cílios pretos. Eu gostaria de ter um cachorro, um cachorro como aquele, mas nunca perguntei à Birgitta ou ao Sven. A Anna-Lisa acenou e fui até elas. A Britta me olhou debaixo do gorro e eu a cumprimentei.

— Anna, não gostarias de nos fazer uma visita um dia desses? A Britta gostaria disso, não é mesmo, Britta? — a AnnaLisa perguntou.

A Britta olhou para mim e fez um sinal com a cabeça, concordando.

— Vocês podem ficar no quarto da Britta e depois sair para passear o cachorro — a Anna-Lisa disse.

— É, podemos fazer isso sim — retruquei.

Eu disse aquilo só para poder sair dali, mas como a AnnaLisa estava tão determinada, eu com certeza teria que fazer mesmo a tal visita.

— Tchau, tchau — eu disse.

Depois, entrei na nossa rua e vi a encosta que levava à nossa casa.

Que diabos, pensei ao pensar na Britta. Pois o que eu queria mesmo era pensar no meu pai. Que ele iria receber a minha carta no dia seguinte. Eu queria pensar no Conrad e nas balas em forma de diamante que eu estava levando para casa, mas em vez disso pensei em como devia ser o quarto da Britta. No que a gente diria uma à outra. As pessoas ocupam um lugar tão grande na gente, pensei. Elas se insinuam e permanecem lá dentro, apesar de a gente querer estar só. O que é que a cara da Britta debaixo do gorro faz no meu corpo? Eu sabia que só os esquis podiam fazê-la desaparecer uma vez que ela havia se instalado ali, mas hoje à noite não vou poder andar de esqui. Hoje à noite vamos tomar chá, todos juntos. O Urban não vai treinar, e o Ulf não vai visitar os filhos do pastor. Vamos tomar chá e fazer o conselho de família. Eu nunca tinha participado de um conselho desses, mas já havia ouvido falar a respeito. Todos devem participar do conselho de família, contando as suas ideias e as suas vivências. As questões familiares mais importantes são debatidas.

Quando entrei, todos já estavam sentados à mesa de jantar. Me apressei a tirar o casaco e os sapatos. Me sentei numa cadeira com o saquinho de balas na mão.

— Que bom que chegaste. Tenho aqui uma pauta com os assuntos que vamos tratar. Se houver alguma coisa em especial da qual queiras falar, podes anotar aqui — o Sven explicou.

Ele me passou a lista, que estava cheia de perguntas. Tentei pensar em algo que eu gostaria de falar, mas não me ocorreu nada, então eu devolvi a pauta ao Sven.

— Item número um: essa é uma questão levantada conjuntamente por mim e pela Birgitta e o título é silêncio. Temos a impressão de que não conversamos mais uns com os outros. Como se todos estivessem tão profundamente imersos nas suas coisas que não restasse mais um sentimento coletivo na nossa família. Nenhum espírito de equipe. Outro dia estávamos conversando, eu e a Birgitta, e chegamos à conclusão de que sentimos falta de vocês. O que achas, Urban?

O Urban tomou um gole de chá e passou os dedos no cabelo.

— Essa época já era, pai — o Urban respondeu, depois passou manteiga numa torrada.

— O que queres dizer, Urban? — o Sven perguntou sem alterar a voz.

— Já passou muito tempo desde que éramos assim tão próximos de vocês. Já passou muito tempo desde que procurávamos vocês quando tínhamos alguma dúvida. É algo completamente natural — o Urban respondeu.

— Mais alguém quer acrescentar algo? Birgitta?

— Sim, eu acho que é muito chato que ninguém mais queira dizer algo. Tirando o Ulf, mas no teu caso, Ulf, tenho a impressão de que precisas dizer algo porque ninguém mais quer dizer — a Birgitta disse.

— Como assim, preciso? — o Ulf retrucou.

— É, estás sempre brincando comigo. Até mesmo se eu simplesmente estou ali bordando sentada no sofá. Sim, coisas assim. Não precisas fazer isso por minha causa. Eu me viro muito bem. Eu gostaria que a gente falasse um com o outro porque realmente queremos falar — a Birgitta concluiu.

Eu nunca tinha ouvido a Birgitta falar tanto e tão coerentemente antes. Olhei pela janela, pois de repente fiquei com lágrimas nos olhos por causa da Birgitta. Porque aquilo que ela desejava jamais iria acontecer. Além disso, tinha algo que ver com o fato de eles terem diminuído tanto, o Sven e a Birgitta, eu não estava gostando nada daquilo. Era desconfortável sentir-se maior do que eles. Sentir que o Urban, o Ulf e eu éramos maiores do que eles, quando devia ser o contrário.

— Não te preocupes por minha causa, mãe — o Ulf disse.

E quando ele disse isso, a Birgitta começou a chorar.

— Seguimos adiante? — o Urban perguntou, olhando para o pedaço de papel com os temas.

— Cozinhar juntos — ele leu em voz alta.

— Sim. Essa é uma proposta da Birgitta, e devo dizer que acho uma ótima ideia. Que a gente cozinhe juntos uma vez por semana. E nos revezamos em ser o responsável pela comida. A pessoa que faz as compras decide o que vamos comer, depois todos cozinhamos juntos. O que vocês acham? — o Sven perguntou.

— Certo — disse o Urban.
Era como se ele compreendesse que era obrigado a ceder aos pais como uma forma de compensação.
— Certo — disse o Ulf, e depois olhou para mim.
— Certo — eu disse, concordando com a cabeça.
— Ah, mas que ótimo! Podemos escolher um dia, digamos às quartas-feiras. Eu posso ser a primeira. Vou pensar em alguma coisa diferente, alguma coisa exótica. Nos encontramos na cozinha às cinco da tarde e começamos a cozinhar — a Birgitta disse.
Ninguém retrucou nada. Então o Sven disse:
— O próximo item será rápido. Higiene pessoal. Vocês precisam se lavar com mais frequência. Isso se aplica a vocês três, é por isso que levanto essa questão assim abertamente. Tomem banho e se lavem todos os dias e, obrigatoriamente, depois de treinar. É tudo quanto a isso. O próximo item é o relaxamento com a roupa suja. Vocês precisam ser mais caprichosos. Agora é a vez do Ulf, ele tem uma questão.
Eu e o Urban olhamos para o Ulf, que disse:
— Carro. Acho que devíamos comprar outro carro. O nosso ficou pequeno demais depois da chegada da Anna. O motor também está péssimo.
Depois de falar, ele colocou um cubo de açúcar entre os dentes. E começou a coar o chá entre os dentes e o cubo de açúcar, ao mesmo tempo em que olhava para nós, um por um.

O Sven olhou para mim e disse:
— Certo. O próximo item talvez seja um pouco mais sério. Anna, achamos que devias fazer algo com outras pessoas. Achamos que não é bom que estejas só em casa. Sabes que eu não estou completamente satisfeito com essa questão da igreja pentecostal, conversei com o Erik e ele concorda que seria uma boa ideia. Um esporte de equipe, Anna. Sabes do que eu estou falando. Na próxima segunda-feira vais começar a treinar vôlei.

É só isso? pensei, sem entender a gravidade com que o Sven apresentou o assunto. Achei que tinha que ver com a escola, então me senti um tanto aliviada, claro.

— Tudo bem? — o Sven perguntou.
— Sim, tudo bem — respondi.
— Era tudo por hoje — o Sven disse.

Com isso, o Urban e o Ulf se levantaram, desceram ao andar de baixo e cada um foi para o seu quarto.

Eu também queria ir, mas continuei ali sentada, pensando naquele sentimento de solidão da Birgitta. Para desanuviar, ensaiei uma conversa:

— Encontrei a AnnaLisa e a Britta. Elas querem que eu vá visitá-las.

O semblante da Birgitta se abriu, e ela disse:
— Ah, e queres ir visitá-las, não queres? Que coisa boa! Quando vais fazer essa visita?
— Ainda vamos combinar — respondi.

Tive a sensação de ter dado a ela um presente, algo realmente incrível que ela desejava desde muito tempo. Ela colocou a mão por cima do meu ombro e olhou nos meus olhos, dizendo:

— Podes estar ganhando uma amiga, Anna. Isso significa muito. Talvez muito mais do que possas crer.

Depois disso, com certeza eu podia me levantar e sair da mesa, pensei.

— Obrigada, Anna — a Birgitta disse, também se levantando.

Desci ao andar de baixo com o saquinho de balas na mão. Bati à porta do quarto do Urban e entrei. O Urban se sentou na cama com as pernas encolhidas e encostado na parede.

— Eu trouxe balas. Queres uma? — perguntei, estendendo o pacotinho com as balas em forma de diamante.

— Que droga, Anna!

Olhei para ele ali sentado na cama. O que foi que ele disse?

— Como assim?

— Vôlei e a Britta. Cometeste um erro, não percebes?

— E o que seria o certo? — perguntei, sem ousar continuar olhando para ele.

— Tu não falas em línguas coisa nenhuma — ele disse.

Então ele ficou olhando para mim por tanto tempo até que por fim eu também o encarei.

— Como é que podes saber?

Nos sentamos na cama da Britta. A cama era coberta por uma colcha de retalhos em diferentes tons de cor-de-rosa, e as cortinas eram da mesma cor. Do teto pendia um pequeno candelabro de cristal, e o vidro se refletia nas paredes como numa dança. Tudo era muito organizado e bonito. Tão organizado como os cabelos da Britta, que sempre estavam esculturados com diferentes penteados. Hoje ela tinha os cabelos arrumados num coque. Ela vestia um blusão cor-de-rosa com uma estampa do Bambi e um vestido cor de vinho de veludo cotelê. E calçava pantufas cor-de-rosa.

Eu me sentia desleixada com o meu blusão marrom e as minhas calças de brim, pensei que me sentia assim por estar ali sentada ao lado da Britta. Com certeza, eu nunca tinha me sentido assim antes.

— Se você fosse à escola, a gente poderia estudar na mesma turma — a Britta disse.

— Mas eu não vou à escola — retruquei.

— Mas por que não? — a Britta perguntou.

— Não sei bem. Acho que já tenho o suficiente para fazer na igreja.

No meu íntimo, eu sentia que tudo que para mim era natural devia soar estranho ali no quarto da Britta. Era como se a pessoa que eu era e a vida que eu levava não tolerassem perguntas. Eu me sentia fragilizada. Sim, essa foi a palavra que me ocorreu. Eu me imaginei correndo num descampado, perseguida por arqueiros. As flechas caíam em volta de mim e eu sabia que apenas uma delas seria o suficiente para me fazer tombar no terreno. Uma flecha e iria ficar ali jazendo na grama, moribunda. Eu iria sangrar até morrer, e nada do que eu conhecia iria existir no meu entorno. De repente, eu me sentia quebradiça. Aos olhos da Britta, eu parecia uma alma danada. O meu pai desvaneceu e se transformou numa sombra muito, muito distante. Eu não tinha nada com o que contar ali, sentada na cama da Britta. Eu estava absolutamente só, e era como se a Britta fosse várias centenas.

— Tu te tocas quando estás deitada sozinha na cama? — ela perguntou.

— Como assim? — retruquei, olhando pela janela.

Estava escuro como de costume lá fora e pensei na primavera que estava por vir. No que o Urban disse sobre a felicidade do rio e na claridade que chega tão rapidamente que as pessoas enlouquecem. "Mal do raio de sol", era assim que o Urban chamava a condição de quem não consegue dormir porque fica cada vez mais maníaco. A alegria que acometia alguém, e que o corpo não conseguia conter, então ela irrompia pela cabeça, deixando um rombo.

— Por isso é preciso usar gorro até mesmo em junho. Para manter a cabeça intacta — o Urban explicou.

— É, quando estás sem roupas debaixo do cobertor. Entre as pernas?

— Eu não — respondi.

— Nunca fizeste isso? — ela perguntou, exaltada.

Eu queria ir para casa. Para casa.

— Já fizeste alguma vez? — ela insistiu.

— Não — respondi, apesar de não saber do que ela estava falando.

Ouviram-se batidas à porta. Era a Anna-Lisa.

— Querem fazer um lanche? A mesa está posta — ela perguntou.

Seria bom sair do quarto da Britta. Subimos ao andar de cima e nos sentamos à mesa de jantar. A Anna-Lisa havia posto a mesa com refrigerantes e biscoitos. Ela olhou para mim e sorriu com a boca, apesar de os olhos perguntarem algo que eu não sabia o que era. Tentei retribuir o sorriso enquanto pegava um biscoito. A Anna-Lisa era viúva, eu sabia disso, aquilo era algo especial. Eu sabia que algo havia acontecido, pois a Birgitta e o Sven haviam contado algo a respeito. Algo de que eu não conseguia me lembrar. Será que eu podia perguntar sobre aquilo?

— Comam mais — a AnnaLisa disse.

Ela olhou para mim e para a Britta e de repente parecia feliz. O rosto que costumava estar sempre em guarda amoleceu naquele momento. Ela é tão jovem, pensei. Ela está feliz porque eu e a Britta estamos aqui juntas, pensei. Porém, não é bem assim. De repente, me senti culpada por estar ali sentada, mentindo para a Anna-Lisa, pois eu estava ali contra a minha vontade. Culpada por fingir.

— Vou para casa agora — eu disse, me levantando.

Não tive coragem de olhar para a Britta e para a Anna-Lisa. Fui até o corredor, calcei meus sapatos e vesti o casaco. De repente a Britta estava lá, e tive um ricto ao ver o sorriso dela.

— Tens medo de mim? — ela perguntou.

Não respondi. Apenas olhei para o rosto bem afeiçoado dela.

— Tens ou não tens?

Balancei a cabeça. De repente, ela me abraçou. Então, ela ficou um bom tempo com os braços em volta de mim. Acho que ela chorou, pois o meu casaco ficou molhado, e, afinal de contas, claro que me vi obrigada a retribuir o abraço.

A Anna-Lisa surgiu, e o rosto dela estava corado. Ela sorriu para mim. Acariciou os meus cabelos, contra a minha vontade. Depois disse:

— Volta logo. Nós adoraríamos. Não é mesmo, Britta?

A Britta me soltou, enxugou o nariz na manga do blusão e me olhou com uma serenidade que eu nunca tinha visto ela demonstrar antes.

— Claro que sim. Venha fazer outra visita — ela disse.

Corri todo o trajeto de volta para casa. O ar frio doía nos pulmões quando eu inspirava. Foi da Britta e da Anna-Lisa que eu corri. Do rosto da Britta e da infelicidade da AnnaLisa. A casa estava perto. Vi o Ulf limpando a neve com a pá na frente da casa. Ele ergueu uma mão me saudando, e aquele gesto irradiou em mim como uma onda de calor, era um regozijo silencioso pelo fato de alguém me reconhecer. De eles serem o meu lar. O Sven e a Birgitta e o Urban e o Ulf. Retribuí a saudação, erguendo uma mão na direção do Ulf, que sorriu.

Não consegui dormir naquela noite. Fiquei me virando na cama com o vento lá fora me acossando por horas e horas. Eu realmente precisava dormir. Escapar de tudo e então despertar para um novo dia. Eu queria acordar, tomar banho, depois me sentar à mesa posta e comer cereal matinal com leite e sanduíche de pão de centeio com queijo e tomar chá. Eu queria conversar com o Sven sobre a equipe de futebol de Umeå e com a Birgitta sobre culinária. Eu queria demonstrar a minha gratidão e fazer um agrado a eles. Queria devolver um pouco por tudo o que recebi. Em vez disso, pensei no domingo. Iríamos receber convidados importantes de Uppsala,[8] e era mais importante do que nunca que a voz saísse como devia. O Erik disse que eu só precisava fazer tudo como de costume, que nada seria diferente, mas eu sei que ele próprio não acreditava nisso. Nunca tínhamos recebido uma visita da igreja pentecostal de Uppsala antes, e era por minha causa que eles viriam.

---

8 Município no condado da província histórica de Uplândia, sede da comuna homônima e capital do condado homônimo. É a quarta maior cidade da Suécia, com uma população de pouco menos de 170 mil habitantes no distrito sede e cerca de 240 mil habitantes na comuna. Desempenha desde 1164 a função de centro religioso máximo do país, enquanto sede do arcebispado da igreja luterana sueca (religião de Estado). A Universidade de Uppsala, fundada em 1477, é a mais antiga dos países nórdicos.

Recebi uma resposta já no dia seguinte. Surpreendentemente, ver o envelope na caixa de correspondência não me deixou tão agitada como das vezes anteriores. Peguei a carta, nem sequer a escondi, em vez disso andei com o envelope na mão, como se fosse totalmente natural que eu recebesse correspondência. Eu estava sozinha em casa e talvez isso tenha contribuído para a calma que senti. Eu tinha todo o tempo do mundo. A Birgitta tinha ido ao supermercado na cidade, e o Urban e o Ulf estavam na escola. O Sven só voltava para casa depois das seis, nos dias de semana, além disso ele estava ocupado no momento fazendo uma placa nova para a piscina pública do município.

Me dirigi à cozinha, joguei o envelope na bancada com um gesto que demonstrava a mim mesma que eu não temia de forma alguma o que eventualmente poderia estar escrito naquela carta. Eu estava me correspondendo com o meu pai, e agora a próxima carta havia chegado. Simplesmente isso, tentei me convencer. Liguei a cafeteira, pois senti que a situação exigia algo mais forte, e peguei uns bolinhos do cesto de pão. A Birgitta havia assado bolinhos frescos de amêndoa para me deixar contente. Ela estava tão feliz pela minha amizade com a Britta. Ela encontrou a Anna-Lisa, que disse que eu e a Britta tínhamos nos dado tão bem. Que tínhamos ficado no quarto da Britta um bom tempo conversando.

Eu me pergunto por que ela disse isso. Será que ela sentia vergonha de eu simplesmente ter ido embora?

Peguei uma xícara e servi o café, acrescentei bastante leite e me sentei à mesa. Deixei o envelope na bancada da cozinha enquanto tomava café e comia os bolinhos. Estava nevando lá fora. Amanhã seria primeiro de dezembro. A Birgitta já havia instalado o candelabro do advento[9] e acendido a primeira vela, o Sven explicou que o Natal significava a união da família, e as velas eram para iluminar a escuridão. Ele não mencionou nada a respeito do nascimento de Jesus, mas no concerto de advento na igreja eu ouvi canções que falavam da estrela no céu de Belém.

Terminei de tomar o café, coloquei a xícara na lavadora de louça e desci até o meu quarto levando o envelope.

---
9 [N. do T.] Advento é o período pré-natalino, que se inicia no quarto domingo que antecede o Natal, também tradicionalmente conhecido como "jejum natalino", pois em séculos observava-se a proibição de ingerir certos alimentos, p.ex. carne. Tradição no norte da Europa, o candelabro do advento é composto de quatro velas roxas (cor litúrgica da celebração natalina), sendo cada uma acesa em cada um dos quatro domingos antes do Natal. Tem a forma de um círculo, símbolo da eternidade, e um ramo verde, que simboliza a vida de Cristo. A primeira vela é a vela da profecia, em alusão à promessa dos profetas do Velho Testamento que previram a chegada do Salvador. A segunda é a vela de Belém, referência ao local de nascimento de Jesus. A terceira é a vela dos pastores, que foram os primeiros a receber a boa-nova do nascimento de Cristo. A quarta é a vela dos anjos, que foram os que deram as boas-novas à humanidade. Acredita-se que a tradição do candelabro de advento tenha surgido no início do século XIX na Alemanha, de onde se difundiu para os países nórdicos. No catolicismo, a terceira vela do candelabro do advento é cor-de-rosa, sendo substituída *a posteriori* por outra vela com a mesma cor das outras três, ou seja, o roxo.

Nada de coração acelerado. Nada de respiração pesada. Apenas eu e a carta do meu pai. Abri o envelope, peguei a carta e li:

"Durante o dia, passo a maior parte do tempo no centro de terapia ocupacional. Lá, conversamos e jogamos bismarck.[10] Eu consigo passar até com as cartas mais altas. Os outros não têm a mínima chance. Mesmo assim, eu gosto de jogar com eles. Às onze, é hora da medicação diurna e depois vem o almoço. A comida não é nada ruim não, Anna. Depois, normalmente lá pelas três horas, estou de volta à enfermaria, onde dou uma mão na cozinha quando me deixam e preparo o jantar. Depois vem o jantar, às cinco da tarde, depois me recolho e vou para a cama bem cedo. Não gosto de toda a baboseira que passa na televisão. Então, acordo bem cedo. E já estou na rua lá pelas nove e meia."

O meu nome. Ele se referiu a mim pelo meu nome. As minhas mãos doeram, como sempre doíam antes de as lágrimas verterem. As lá-

---

10 [N. do T.] Jogo de cartas que consiste de quatro diferentes jogos em um, com regras que mudam de uma rodada à outra: primeiro sem trunfos, depois com trunfos aleatórios, depois com trunfos cantados por quem dá as cartas e por fim mais outra vez sem trunfos, quando todos os jogadores tentam se livrar de cartas desvantajosas. Cada jogador dá as cartas durante uma sequência formada por essas quatro variantes, depois as cartas são dadas pelos demais jogadores da mesa, e o jogo, depois de doze rodadas, proporciona uma noitada completa de carteado.

grimas manavam de mim, comprimiam os olhos para sair e desciam pelas bochechas. "A comida não é nada ruim não, Anna." Anna. Anna. Li, reli e voltei a ler aquela frase enquanto as lágrimas escorriam. As lágrimas me derrubaram na cama. Chorei no travesseiro, acocorada. O meu corpo todo tiritava de choro. Pai, eu disse bem alto no quarto. Pai. Pai. De agora em diante, o Sven se chamaria apenas Sven. A palavra pai pertencia ao meu pai e a mim. Era possível estar mais perto dele?, perguntei a mim mesma em meio às lágrimas. Pai. Era como estar juntinho a ele, perto, bem perto. O meu pai era uma tranquilidade, uma luz familiar, um aconchego, um olhar confidente.

Continuei lendo. A carta era longa:

"A minha mãe morreu quando eu tinha treze anos, e depois disso a minha vida se transformou radicalmente. O Göran e a Märta foram realocados em famílias adotivas em Skellefteå, já eu fui mandado para a minha tia materna mais nova, a Annie, em Mölndal, e com isso a nossa pequena família se dispersou.
O meu pai continuou morando no apartamento da rua Nygatan 95A em Skellefteå. Completamente sozinho. Ele era alcoólatra e abusava demais da bebida, então era impossível para nós morar com ele.

Conheci uma garota em Mölndal,[11] na oitava série. Em Mölndal, os garotos frequentavam uma turma, e as garotas, outra. Não era possível tê-las na mesma turma. Namorei aquela garota, a Kerstin Berntsson Gustavsberg, 524, Mölndal 2, por meio ano. E então a Annie, a minha tia materna, com quem eu morava, foi patinar na estação de inverno de Vålådalen.[12] Nós ficamos sozinhos no apartamento, eu e aquela garota, e ela quis fazer amor comigo. Mas o meu tio materno tinha dito que isso era muito perigoso, que a gente podia fazer um bebê, por isso eu disse não. E então ela ameaçou fazer alguma coisa, e eu disse vou voltar para Skellefteå, eu disse isso a ela. Ela retrucou: Não tens coragem de fazer isso. E só porque ela disse aquilo, eu fiz a minha mala e fui para Skellefteå e lembro que num entroncamento ferroviário mandei uma carta para o diretor da escola dizendo que eu não iria mais estudar lá. E então voltei para Skellefteå quando tinha catorze anos.

---

11 [N. do T.] Mölndal é o município sede da comuna homônima, que conta com uma população de pouco mais de 70 mil habitantes e integra a região metropolitana de Gotemburgo. É desde o século XVI um polo industrial importante, incluindo o fabrico de papel, azeite e têxteis.

12 [N. do T.] Vålådalen (*Bijjie Spädtja*, na língua sámi) é uma tradicional estação de esportes de inverno da Suécia fundada em 1923 no distrito paróquia de Undersåker, na Jamtlândia Ocidental, trinta quilômetros a sul de Åre, no sopé da montanha Ottfjäll (www.valadalen.se).

Todos nós, eu e os meus irmãos, voltamos para o apartamento na rua Nygatan 95. O nosso pai, o Birger, tinha se mudado para a periferia da cidade. E como não havia nenhum adulto em casa, recebemos a ajuda da mãe social Jansson, que morava em Bureå,[13] que fica a vinte quilômetros de Skellefteå. Ela cozinhava para a gente. Ganhamos três casacos da nossa mãe social Jansson, um para cada um de nós três. No verão, eu trabalhava na fábrica de refrigerantes e cerveja da cidade e ganhava bebidas, três por dia, ou seja, vinte e uma por semana, e eles achavam ótimo, o Göran e a Märta. Nós não éramos nada mimados. Comecei a sair para dançar quando tinha os meus dezessete anos, e claro que se bebia bastante nessas noitadas de dança. Lembro que uma noite eu não quis entrar em casa, onde estavam o Göran e a Märta, em vez disso subi até o sótão. Havia uma entradinha no topo, coberta por uma redinha, então entrei e dormi lá. Mais tarde, depois que a ressaca passou, eu desci para casa."

Álcool, pensei. Fazer amor? Reli a carta inteira outra vez, depois coloquei-a de volta no envelope.

---

13 [N. do T.] Distrito da comuna de Skellefteå, localizado a vinte quilômetros da sede da comuna, ou seja, o município de Skellefteå, e a pouco mais de cem quilômetros a norte de Umeå. Atualmente uma espécie de cidade dormitório de Skellefteå, Bureå já contou um parque industrial importante no passado.

A Birgitta entrou em casa. Ouvi o ruído de sacolas e quando ela disse olá.

Respondi com outro olá, abri a gaveta da mesinha de cabeceira e guardei a carta lá, junto com as outras.

Eu tenho que vê-lo, pensei.

— Vamos fazer um cozido de galinha indonésio — a Birgitta disse bem séria, olhando para cada um de nós.

Nós cinco estávamos reunidos na cozinha. O Urban e o Ulf, o Sven, a Birgitta e eu.

— Comprei os ingredientes e vou começar cozinhando a galinha, o resto vamos fazer juntos — a Birgitta disse.

Na bancada da cozinha, tudo estava organizado. Nata, caldo de galinha, alho-poró, temperos, amendoim.

— O Ulf e o Sven podem preparar o molho. Eu colei a receita ali na porta do armário. Urban, podes começar pondo a mesa, depois vais desossar a galinha. Anna, tu te encarregas dos acompanhamentos. Dá uma olhada na receita. Eu vou fazer salada de fruta, mas estou aqui para ajudá-los no que for preciso.

Todos estavam se esforçando por causa da Birgitta. Senti como se fosse importante continuar o tempo todo, levantar-me e pensar podia estragar tudo. Mais um movimento e mais outro para que Birgitta não desabasse. Ela tinha feito a sua aposta. Isso tem que funcionar, pensei, então olhei para o Ulf, que estava preparando o molho, misturando o caldo de galinha e a nata com o carril. Era como se todos entendessem instintivamente a gravidade da situação. O Urban estava separando a carne da galinha dos ossos usando a sua própria faca fileteira, que ele usava para filetar peixe, o Sven estava cortando o alho-poró. Olhei de soslaio os maxilares tensos e os olhos brilhantes da Birgitta enquanto fatiava as bananas e colocava as fatias numa tigela. Depois, os flocos de coco, os amendoins e o chutney de manga.

A Birgitta acendeu as velas e enfeitou a mesa com flores.

De sobremesa, teríamos frutas exóticas. Mamão, manga, abacaxi.

— O que é isso aqui?, o Sven perguntou, segurando algo que parecia uma cereja cor de laranja.

— Camapu, veio do Sri Lanka — explicou a Birgitta.

Quando tudo estava posto à mesa, a Birgitta começou a chorar. O Ulf soltou um suspiro ruidoso, e o Urban como que se fechou numa concha.

— Delicioso. A melhor coisa que já comi na vida, Birgitta — eu disse.

E era verdade. Tinha um sabor maravilhoso. Além disso, eu também queria que ela parasse de chorar.

— Só estou feliz. Vocês são ótimos. Me perdoem — ela disse entre lágrimas.

— A nossa fé em deus nos traz esperança. A esperança de que todos os seres humanos possam se reconciliar e unir-se a deus. A esperança de que nenhum percalço da vida seja tão difícil que deus não possa intervir. A esperança de desagravo tanto para nossas almas como para nossos corpos e também para as relações em que vivemos. Um desagravo que já podemos provar agora, mas que irá se consumar no além-túmulo, quando encontrarmos deus cara a cara. A esperança de cura para o mundo todo na fé de que Jesus voltará.

Eu estava sentada no vestíbulo do salão da igreja ouvindo a pregação do Erik. Eu me revirava por dentro. As minhas mãos tremiam. A Birgitta tinha escovado os meus cabelos e os dividiu em duas tranças, depois me colocou o vestido de flanela cinzento, uma blusa branca e um blusão fino e vermelho de crochê. O Erik me deixou na parte mais distante do salão da igreja antes de ir receber a congregação. Ele não queria que eu percebesse quão cheia a igreja estava. Eu não devia vê-lo dar as boas-vindas ao pastor da igreja pentecostal de Uppsala. Tudo vai ser como de costume, ele repetiu várias vezes, como que para convencer a si mesmo de que realmente tudo seria como de costume. Mas não era verdade. Tudo estava diferente. Aquilo seria uma exibição. O Erik queria impressionar o pastor da igreja pentecostal que viajara até aqui para me ouvir. O Erik perguntou ao Sven se ele poderia ir comigo até Uppsala, mas o Sven respondeu que não.

Agora estavam cantando sobre os anjos celestiais e o inferno no qual arderíamos se não tivéssemos a legítima fé em Jesus Cristo. Depois, o Erik iria orar com a congregação. Depois seria a minha vez.

A minha visão periférica ardia enquanto eu me dirigia ao púlpito. Eu sentia a língua áspera e imóvel, como se fosse grande demais para a minha boca. O vermelho se movia debaixo das pálpebras cada vez que eu piscava. É como se eu não quisesse piscar porque aquele vermelho estava ali, mas é claro que no fim eu tinha que piscar. O Erik me conduzia pelo braço, era como se ele me mantivesse em pé, como se eu não conseguisse andar sem ele. Não tive coragem de olhar para a congregação, apesar de sentir a presença de todos ali. Eu sabia que a igreja estava lotada, tão lotada que havia muita gente em pé. Olhei para o chão e foi como se o Erik estivesse me arrastando. As minhas pernas estavam moles e não me obedeciam. Eu tinha que dizer ao meu corpo o que fazer: piscar, mais um passo, mais outro. Ao chegar ao púlpito, me agarrei com tanta força que os nós dos meus dedos ficaram brancos. Fiz um gesto com a cabeça para a Selma, a organista.

As palavras vieram. O meu nariz escorria, tamanho o alívio. Elas vieram com força e era como se o tempo todo eu estivesse um passo atrás das palavras, como se elas me arrastassem no seu encalço. Eu não conseguia tragar, pois as palavras se atravancavam no caminho na ânsia de deixar a boca. Irrompiam de mim como lágrimas e saíam com tanta força que eu era forçada a gritar. Gritei ali na igreja e pensei no pastor de Uppsala e no Sven, na Birgitta e nos garotos, que estavam sentados ali, em algum lugar, e da vertigem que surgiu, eu não queria nem saber, pois agora eu estava entregue às palavras que não queriam se acabar. Eu estava de mãos dadas com elas, e nós caminhávamos numa extensa campina. Ventava, e a claridade era tão intensa que apertávamos os olhos olhando na direção do sol, e bem ao longe viam-se montanhas tisnadas de marrom e andamos pelas montanhas até uma lonjura onde o mar nos aguardava. Despencamos. Despencamos juntas no mar.

Quando acordei, eu estava outra vez deitada no quartinho que levava ao salão da igreja. O Erik estava curvado sobre mim, e olhei bem nos olhos dele e pensei: nunca mais. Nunca mais.

Então veio o Sven, acompanhado da Birgitta, do Ulf e do Urban. Todos eles enfiados naquele quartinho, e eu ouvia ao longe o Sven falando com o Erik, dizendo que aquilo não devia me fazer bem. Ele estava agitado. Mesmo assim, a voz dele não chegava até mim, ali deitada, olhando para o teto caiado de branco lá em cima. Havia um cheiro forte ali dentro, tentei entender que cheiro era aquele. O Ulf se sentou de cócoras ao meu lado, ali onde eu jazia deitada nos bancos de madeira. Ele sorriu, senti isso. Foi um sorriso que tocava no meu rosto bem no ponto em que ele jorrava, aquecendo-o.

— Anna. Anna. Eu te amo — ele sussurrou.
O que foi que ele disse? De repente ele sumiu, e o Urban se sentou de cócoras e o olhar dele procurou o meu. Como sempre, ele falou claramente:
— Anna. Como estás te sentindo? Anna, eu preciso te contar algo que o pastor disse. A igreja está vazia. Todos foram para casa, Anna. Eu vou te contar tudo, mas primeiro precisas te levantar.
A voz do Urban. Acho que era a voz de que eu mais gostava dentre todas. A maneira precisa e bonita como ele fechava os lábios em torno das palavras. Não havia um pingo de dúvida nele, tudo estava já pronto dentro dele. Ele pegou minhas mãos e as puxou, fazendo com que eu me sentasse no banco da igreja. Ele continuou de cócoras à minha frente, sem soltar as minhas mãos.
— Anna. Não era minha intenção ouvir o que eles estavam conversando entre si. O pastor e o outro cara lá de Uppsala. Eu estava bem perto deles.
Os olhos dele penetravam nos meus. O Urban e eu, sozinhos, enquanto os outros mantinham-se à margem.
Agora eu escutava o que ele dizia. As palavras e as ressonâncias em torno delas. O espaço todo cantava. Então, nos entreolhamos, sustentando o olhar um no outro. Foi um instante que durou por toda a eternidade. Quando as palavras vieram, era como se caíssem do céu.
— Não é em línguas que falas, Anna. É em grego.

SEGUNDA PARTE

Da corrida de táxi eu me lembro. E da sala em que entramos. Da mão do Urban no meu ombro. Da forma como ele apertava o meu ombro. Suavemente. Tão suavemente como só ele sabia, e então nos sentamos em duas poltronas estofadas com lona. Três pessoas entraram na sala. Elas se apresentaram a mim e eu olhava fixamente para elas, tentando entender o que diziam. Fazia muito tempo que eu não via ninguém além da minha família e aquelas pessoas eram tão claras. Tão claras em seus aventais brancos com os cabelos penteados para trás com capricho.

— O meu nome é Bengt. Sou o diretor da enfermaria psiquiátrica. O teu irmão está muito preocupado contigo — um deles disse.

— Sou o Mats, médico residente — disse o outro.

Ele era loiro e sorriu com todos os dentes. Tive medo dele. O torso dele oscilava para lá e para cá quando ele se ajeitava na cadeira. A sala tinha cortinas de linho que se esforçavam para cobrir a janela, mesmo assim um facho de luz conseguiu entrar e incidiu no diretor da enfermaria psiquiátrica, como que partindo-o ao meio, e com isso pensei que ele tinha um lado claro e um lado escuro.

A última pessoa a se apresentar foi o Artan. Ele era enfermeiro psiquiátrico, ele disse com uma voz que reverberou pela sala. Essa é uma voz que dá gosto de escutar, cheguei a pensar enquanto eles estavam sentados à nossa frente como três juízes, e eu era a pessoa que seria julgada. Mas como é que eu fui parar ali?

O Urban me vestiu e disse que iríamos ao hospital, que não havia alternativa. Ele pediu que eu confiasse nele. Que ele já tinha conversado com os médicos por telefone.

— Ou seja, o teu irmão está bastante preocupado. Podes nos dizer como te sentes?

Aquela pergunta se dirigia a mim, veio voando pela sala feito uma lança.

O Bengt cruzou as pernas e perguntou outra vez:

— Podes nos dizer?

Ele olhou fixamente para mim, me forçando a fechar os olhos. Debaixo das minhas pálpebras, o Bengt, o Mats e o Artan desfilavam feito fantasmas. Eles pairavam pela sala, e foi a mão do Urban que me puxou de volta. De repente ele me abraçou bem firme. Me segurou como se nunca mais fosse me soltar, e era isso mesmo que ele queria dizer com aquele abraço. Não vou te soltar. Nunca vou te soltar. Voltei a abrir os olhos. Eles estavam sentados cada qual em sua cadeira, e era como se estivessem duplicados, como se houvesse no mínimo seis pessoas diante de mim.

— Faz um bom tempo que a minha irmã não fala — ouvi o meu irmão dizer bem distante.

— Há quanto tempo não falas?

Tentei soltar alguma coisa que estava atravessada na minha garganta. Pensei que o Bengt iria me bater se eu não conseguisse responder. Olhei para o Artan, cujo olhar encontrou o meu sem pretender arrancar qualquer coisa de mim. Porém, quando voltei a fechar os olhos, o Urban apertou a minha mão com força.

— Estamos todos aqui para te ajudar — o Bengt disse.

O médico residente e o Artan fizeram um sinal com a cabeça, concordando.

O Urban olhou para mim. Como se olhasse para mim com as lágrimas prestes a sair pelos olhos.

Olhei para a porta atrás deles. A porta pela qual eu entrei. Como foi que entrei? Eu não tinha lembrança alguma de ter entrado por aquela porta. Será que eles me carregaram? Olhei para o Urban. Ele olhou para mim com uma cara séria. Como se estivesse tentando me dizer algo com os olhos, algo que os outros não podiam ouvir. Que eu deveria ficar lá, ele disse. Foi isso que ele disse. Nada além disso. Ouvi as palavras eclodindo dos olhos dele, vi aquelas palavras como cores. Ele coloriu a sala de vermelho com aquele pedido. Ele me pediu aquilo. Olhei e continuei olhando para ele. Era só o que eu podia fazer. Não havia

mais nada além dele. Assim era, e nunca podia ser diferente disso.
— Ou seja, não consegues falar — o Bengt disse.
Ele se dirigiu ao médico residente e disse:
— Latência de fala inexistente.
O Bengt anotou algo num bloco. A caneta raspou dentro de mim, fez um corte dentro de mim, e vi como o sangue jorrava de dentro de mim.
— Vocês podem me ajudar a morrer?
Enunciei esse desejo em alto e bom som ali naquela sala. Aquilo saiu do meu âmago mais íntimo e ricocheteou ali entre aquelas quatro paredes. Eu sabia que era aquilo que eu desejava, e uma vez que eu sabia, eu jamais iria me esquecer daquilo.
O Bengt se encurvou à frente. Ele tentou captar o meu olhar, mas não conseguiu, pois eu fiquei olhando para baixo, para as minhas mãos. O Urban começou a chorar. Ouvi como ele chorava e aquilo me abalou, pois era a última coisa que eu queria provocar nele, porém, aquilo era a única coisa que eu tinha. A única coisa que era verdadeira.
— Vamos te ajudar a viver — o Bengt respondeu.
— Talvez não entendas isso agora, mas há uma vida para ti, uma vida boa à tua espera — o Artan disse.
Foi como se a sala toda prendesse o fôlego por ele ter falado tanto assim.

— Anna, aceitas ficar aqui algum tempo? Eu não conseguia abrir a boca. Mas olhei para o Urban para que ele entendesse que eu me recusava. Ele precisava fazer a coisa mais grandiosa que alguém pode fazer para o outro. Ele precisava me ajudar a morrer.

— Então estamos combinados — disse o Bengt, achando que aquela consulta já tinha durado o suficiente.

Todos os três se levantaram e estenderam a mão para que eu pegasse e apertasse, mas eu não consegui. Eu não conseguia me mover, o Urban teve até mesmo que colocar o anoraque em mim por cima da roupa de dormir, calçar e amarrar as minhas botas. Ergui os pés para ajudá-lo. Mas será que eu concordava com aquilo tudo? Não. Eu só fiz aquilo por ele. Só por isso.

— O Artan vai te levar à enfermaria.

Olhei para o Urban, implorei a ele com os olhos, mas vi que ele me largou. Que ele me largou ali nas mãos daqueles três. Daquele hospital inteiro. Que ele tirou a sua mão de mim e que ele agora precisava descansar, pois vinha carregando nas costas um peso imenso.

Eu o abracei. Me agarrei bem firme nele. Eu estava gritando por dentro. Mas ninguém ouvia o meu grito, e ele se foi. Ele se foi pela porta, depois de dizer que viria me visitar e me ver. Todos os dias para começar.

— É melhor que vás embora agora. Não é uma boa ideia prolongar isso — disse o Bengt.

O barulho da porta. Eu estava sozinha. Eu estava mais sozinha do que jamais estive antes e então despenquei. Despenquei corpo adentro até aquele lugar em que o silêncio se encontra com a sua luz amarela como uma grinalda envolvente.

— Vem — disse o Artan.

Nesse momento, ele me ergueu do chão, me apoiou para que eu conseguisse me manter sobre as minhas próprias pernas. Depois ele disse

— Agora vamos. Um passo após o outro. Primeiro um pé, depois o outro. Muito bem.

Entramos num corredor. Sofás listrados de vermelho e branco e mesinhas, números nas portas dos quartos. Numa mesa, havia algumas pessoas sentadas jogando algum jogo. Não consegui olhar para eles, mas uma mulher de franja se levantou e se colocou diante de mim.

— O meu nome é Petra.

Ela olhou na sua planilha e continuou:

— Tu és a Anna, não é? Eu estou trabalhando aqui hoje à noite. Tens algum animal de estimação?

Será que o Artan iria embora? Quem era aquela Petra? Despenquei outra vez, mas o Artan agiu rápido e me carregou pelo restinho do trajeto até um dos quartos.

— Vais pernoitar na sala de consultas essa noite. A enfermaria está lotada, mas amanhã vais para um quarto de verdade — ele disse.

A Petra entrou atrás da gente, tirou o telefone e depois saiu. Havia na sala um sofá-cama pequeno, uma mesa e também um piano.

— Já está tarde, então o teu jantar essa noite veio numa bandeja. Normalmente, comemos ali fora, todos juntos. Isso é parte importante do tratamento. Até mais, Anna, eu volto amanhã. Dorme bem.

Ele saiu e fechou a porta.

Sentei-me na beira da cama improvisada. O Artan tinha ido embora, e eu só tinha uma ideia revirando na minha cabeça. Não posso ficar aqui. Não posso ficar aqui. Me deitei na cama e me tapei com a coberta. Fechei os olhos, rastejei para dentro de mim e senti aquela pressão em cima do peito. Por que não morro disso duma vez? Era como se o pé de um gigante pisasse no meu tórax e me apertasse. Fiquei olhando fixamente para o estofamento verde do sofá-cama até escurecer e as cores desapareceram, e então bateram na porta e a Inga entrou e disse que já era noite. Noite, era o turno da noite, entendi, pois ela trazia uma bandeja com os remédios. Recebi dois comprimidos e gotas para tomar.

— Para dormires bem, minha querida, e esse aqui é para a ansiedade.

Ansiedade? O que é ansiedade? pensei no escuro.

— Toma e tenta pensar o menos possível para começar. Tens que acreditar que vais melhorar.

Eu não disse nada, apenas engoli tudo o que ela me deu. Depois ela me deixou sozinha naquela cama e senti pouco a pouco como o pé do gigante desapareceu e alguma coisa envolveu os meus pensamentos feito algodão.

A manhã chegou. Acordei. Não! Acordei. O pé do gigante estava por toda a parte, me invadia e me pressionava, não deixando espaço para nada mais. A claridade se infiltrou naquela sala pequena. Não havia persianas nas janelas, só uma cortina verde que cobria apenas a parte superior das janelas. O que eu faria? Onde estava o Urban? A falta que eu sentia dele me rasgava e me espicaçava. Apesar disso, nada iria ficar melhor se ele estivesse aqui. Eu sabia disso da mesma forma que quando sabemos que o sol voltará a nascer no dia seguinte. Eu estava vestida com um pijama macio e branco, com um símbolo azul no peito. Todos os botões estavam abotoados. Quando foi que isso aconteceu? Quem tirou a roupa de dormir que eu trouxe de casa e trocou por esta?

    Me sentei no caixilho da janela para olhar para o céu, que estava branco e como que carregado de neve prestes a cair. Não ousei ir ao banheiro, apesar de estar precisando. Eu não conseguia sair daquela sala, por mais que eu também mal pudesse ficar ali.

    Continuei sentada até que ouvi alguém batendo à porta, e o Artan entrou.

— Bom dia, Anna. Podes colocar essa roupa aqui? Vou aguardar dois minutos ali fora e já volto.

    Ele deixou um blusão branco, uma calça de abrigo azul-clara, uma calcinha e um par de meias, depois saiu. Olhei para as roupas que ele deixou sobre o sofá-cama. Não consegui fazer nada além disso. Quando o Artan voltou, ele me olhou, depois olhou para as roupas e então disse que iria chamar uma enfermeira mulher se eu não me vestisse por conta própria.

— O melhor é que tu mesma te vistas. Tens mesmo que te levantar, te vestir e tomar café da manhã. Vou ficar de costas para que possas te vestir.

Eu fiz conforme ele me disse. Por que eu fiz aquilo eu não sei, talvez porque me lembrei da enfermeira de franja, a tal Inga, cuja voz no escuro me deixou com medo. Vesti uma peça de roupa depois da outra até terminar. Depois, me sentei na beira do sofá-cama, como se o esforço exigido pelo ato de vestir aquelas roupas tivesse consumido as minhas últimas energias.

— Vem. Agora tens que ir ao banheiro e depois tomar café da manhã — o Artan disse.

Eu estava tão apertada para mijar que o jorro parecia que não ia acabar. Fiquei lá sentada e senti a água deixando o meu corpo, com certeza não restava mais nada, pensei, mas continuei ouvindo o barulho que não acabava, até que por fim ele também parou. Evitei o espelho, simplesmente levantei as meias e a calça de olho no piso de linóleo vermelho com bolinhas brancas. Não era permitido trancar o banheiro por dentro, tive de bater à porta quando terminei para que me deixassem sair. Eu não queria ir a lugar nenhum, por isso o Artan teve que me pegar no colo e me carregar até a mesa do café da manhã, onde havia pessoas sentadas em praticamente todas as cadeiras. Senti como eles estavam me olhando, então contive o meu olhar para que ele não se dirigisse a parte alguma. O Artan teve que me sentar na cadeira na marra, o tampo da mesa estava surrado, isso eu consegui ver apesar de tudo. O Artan trouxe leite sorado,[14] cereal em flocos e um sanduíche de queijo para mim, depois trouxe ainda suco e chá.

— Come — ele disse.

Ergui a colher lentamente, enchi-a de leite sorado com cereal e levei-a até a boca. Engoli um bocado. Senti uma ardência na garganta, pois não tinha mastigado os flocos de cereais. Fiz o mesmo de novo, mas dessa vez mastiguei. Engoli. Agora sim. Um bocado e depois outro, e o tempo todo o Artan ali na cadeira ao meu lado como uma espécie de proteção. O sanduíche de queijo estava bom. Eu não conseguia explicar a mim mesma por que comi o sanduíche inteiro, simplesmente aconteceu. Também tomei o suco todo e provei o chá.

— Ótimo, Anna. Logo já vai ser a hora da medicação noturna e depois vais tomar um banho — o Artan disse.

— Não — retruquei.

Aquele não simplesmente saiu. Eu não queria. Eu não queria nada. Eu não queria estar em lugar algum.

— É melhor tomar banho do que não tomar banho — o Artan disse.

---

14 [N. do T.] Produto lácteo, comum nos países nórdicos, que contém uma proporção maior de ácido lático em sua fórmula.

Olhei para ele. Para os olhos escuros dele e pensei o que aqueles olhos já tinham visto. Pensei nisso por um segundo. Depois tudo voltou a ficar escuro. Como se eu me fechasse para o mundo que se comprimia contra mim tentando me invadir. Todos que estavam sentados em volta da mesa estavam me olhando, eu podia sentir como o olhar deles devorava um pedacinho de mim por vez. Recebi uma caneca de plástico com comprimidos de diversas cores e uma caneca de plástico maior com água para ajudar a engolir os remédios. O Artan pôs a mão no meu ombro e aquela mão como que dizia que agora eu devia tomar os meus remédios para me sentir melhor. Tens que melhorar, mas vai levar algum tempo, a mão dizia. Tens tempo, Anna? Tens a paciência necessária para que a tua saúde melhore? É forte o suficiente? — a mão perguntava, e eu não sabia nada, então eu disse exatamente isso, que não sabia nada, mas peguei os remédios e tomei-os com um pouco d'água.

Os minutos pareciam anos, e eu não podia permanecer num tempo assim, que não se movia, que estava como que estagnado, a única coisa que me passava pela cabeça era poder morrer, poder cortar para sempre os laços com o tempo. Mas primeiro eu iria tomar banho. O Artan falou comigo de um jeito severo e delicado a uma só vez, e depois foi me conduzindo na direção do banheiro, depois ficou me esperando lá fora. A água escorria em mim. Quente, o máximo de quente possível sem que a água me queimasse, mas foi impossível fazer com que ela ficasse quente a esse ponto. Lavei meus cabelos sem me lembrar qual foi a última vez que eu tinha lavado, eles simplesmente me deixavam em paz: o Urban, o Ulf, a Birgitta e o Sven. Simplesmente me deixavam ficar deitada na cama, oscilando indiferente entre os dias e as noites. A Birgitta me alimentava, mas as coisas funcionavam melhor com o Urban; no fim das contas, era ele quem se encarregava de tudo, mas ele não tinha me dado banho. E a Birgitta com certeza não teve coragem. Bombeei o xampu do frasco com válvula *pump* preso à parede e massageei os cabelos emaçarocados com os dedos, massageei e segui massageando até as maçarocas se soltarem. Depois lavei o corpo com o sabão líquido cujo frasco também estava preso à parede. Lavei o corpo completamente e pensei que era estranho que eu conseguisse fazer aquilo, apesar de não querer. Que eu fizesse o que Artan me disse para fazer apesar de eu querer outra coisa de corpo e alma.

    O Artan me deu outra toalha para secar os cabelos, mas eu não fiz nada com aquela toalha, então ele secou os meus cabelos e caminhamos juntos até um depósito onde ele me deu uma escova e outra muda de roupas.

    — O melhor seria usares as tuas próprias roupas. Mas vamos resolver isso depois. Agora é importante que te concentres no momento que estás vivendo. Estás sentindo algum efeito do remédio? — o Artan perguntou.

    — Não — respondi, sem entender por que eu menti para o Artan.

De fato, senti como alguma coisa arrefeceu dentro de mim. Menti porque eu não planejava ficar lá. Eu iria encontrar um jeito de voltar para casa. Um jeito que se mostraria a mim como uma revelação.

— Vou te mostrar onde vais ficar. No quarto número quatro, vais dividir o quarto com a Sara. Ela é um pouquinho mais velha que tu e é bem tranquila, acho que vocês vão se dar bem.

O Artan me levou até um quarto com paredes azul-claras onde havia duas camas, metade do quarto era fria, apenas com a cama, a mesinha de cabeceira e um roupeiro vazio, enquanto a outra metade era decorada com vários enfeites: no caixilho da janela havia um alce e um cervo de cujas galhadas pendiam os anéis e os acessórios da Sara, desenhos de árvores e um rosto com bochechas vermelhas e boca azul nas paredes e jornais empilhados na mesinha de cabeceira.

Eu teria que ficar ali? Com outra pessoa?

— Não. Não, não! — gritei.

Gritei e me joguei no chão, bati com a cabeça no piso, até que o Artan me agarrou e me conteve ao mesmo tempo em que recuou e apertou o botão de alarme. De repente o quarto estava cheio de enfermeiros, que me deram uma injeção que foi como receber repetidos golpes na nuca ou chutes.

Ao acordar, eu não podia me mexer. Tinham me amarrado com força, e o Urban estava ali.

— Anna. Tens que acreditar. Não deves fazer nada além disso — ele disse.

O Artan sentou-se na beira da cama também. Por que fiquei com a impressão de que ele parecia cansado?

— Eu trouxe bombons e uvas. Quero que comas isso e faças o que eles disserem, estás me entendendo? Faz isso por mim se não podes fazer isso por ti. Estou aqui e não vou te abandonar. Mas não podes ficar em casa nesse momento. És um perigo para ti mesma — o Urban disse.

Um perigo para mim mesma? Será que o Urban sabia algo a respeito dos laços que eu pensava em cortar? Nunca se sabe, quando se trata do Urban. Eu não conseguia me mover, não conseguia fazer nada além de ouvir o que ele estava dizendo. Alguma coisa dentro de mim se acalmou de imediato, mas não era parecido com a vez em que eles tiraram o pé do gigante de cima de mim com os remédios, parecia mais como se eu mesma tivesse me aprumado.

Bengt, o diretor, entrou no quarto. Ele tinha pressa, isso se via, apesar de ele fingir que não. Ele se sentou numa cadeira ao meu lado.

— Anna, as coisas não podem continuar assim. Não queremos te manter amarrada, por isso não deves voltar a fazer nada parecido. Não vais mais machucar a ti mesma, vamos combinar isso entre a gente desde já. Não é mesmo? Deixa os dias passarem, um dia de cada vez, e não te preocupes quanto ao que fazer. Vais melhorar. Sabemos disso. Tens que acreditar. Uma depressão sempre passa.

Depressão? Era isso que eu tinha?

— Anna, agora vamos te soltar, o Artan e o Urban vão te acompanhar até o teu quarto e tu vais ficar lá até a hora da comida.

Senti quando o Artan soltou as fivelas, primeiro as que prendiam os braços, depois as que prendiam os quadris e os tornozelos. O Urban me ajudou a me levantar. Segui ele até o quarto com o cervo e o alce e me sentei à beira da cama. O Urban abriu a caixa de bombons e retirou o papel dourado que envolvia um dos pralinês e o aproximou da minha boca. Abri a boca e ele colocou o bombom na minha língua. Mastiguei e senti o recheio e a cobertura de chocolate escorrendo pela garganta. Comemos um bombom depois do outro. Sem dizer nada um ao outro. Apenas mastigamos, engolimos e devoramos até a caixa ficar vazia.

Eu estava deitada na cama olhando para o teto. Uma mancha de umidade se abria como uma flor, e os meus pensamentos não se concentravam em nada, pois eu tinha tomado os remédios. A Sara estava deitada na outra cama folheando os jornais, mas pensei que se eu ficasse olhando a mancha de umidade, ela também iria sumir do meu radar. Estava nevando lá fora, era possível ver isso, apesar de as janelas serem de plástico rígido para que a gente não conseguisse estilhaçá-las. Flocos enormes de neve seca desciam do céu, mas eu não pensei nos esquis, nem na família que logo iria estar reunida para o jantar, pois eu não podia mais estar lá. Eu mal

me lembrava o que eles faziam em casa. A Birgitta e o Sven e o Ulf estavam tão distantes de mim, como se fizessem parte de outra vida. Só o Urban era capaz de transitar entre os diferentes mundos. Eu o vi diante dos meus olhos. A forma como ele remava até a ilha na qual eu imaginava que era onde o hospital ficava. Talvez ele tivesse várias vidas, pensei, e vi o barqueiro diante dos meus olhos pegando o Urban pela mão para ajudá-lo a embarcar. Talvez o Urban remasse até aqui acompanhado da morte em pessoa. Talvez ele pagasse a travessia com a própria vida, um pouquinho por vez, para poder vir até aqui. Tenho que pedir que ele pare de vir, pensei, depois me virei para a parede. O papel de parede texturizado estava esmigalhado, e eu era cega e lia com as pontas dos dedos:
Vais de morte morrer.
De morte tranquila vais morrer.
Vais de morte morrer.

— Tu és a que não fala? — a voz abriu um rasgo naquele quarto.
Era a Sara que falava comigo com um megafone.
— Tens algum problema no aparelho fonador?
Coloquei a cabeça embaixo do travesseiro para ignorá-la. Não posso ficar aqui. Era a única coisa que eu sabia, porém, não havia nada mais diante de mim, nenhuma via a trilhar. A trilha terminava na ilha. Aquele era o fim da li-

nha, e era lá que eu estava. Fechei os olhos com firmeza e vi as cores oscilando do amarelo para o laranja e depois para o vermelho detrás das minhas pálpebras cerradas. Caí por um buraco até o fundo de um poço junto com a ancestral serpente do poço. Iríamos nos encontrar e olhar nos olhos uma da outra. Eu pisava na água, e o meu corpo inteiro estava à espera, como um só músculo que emergiria do fundo do poço e então seria decidido quem iria viver e quem iria morrer. Claro que eu sabia quem eu era. O doutor perguntou, e eu não consegui pronunciar o meu nome naquela sala com flores de plástico verdes com bagas vermelhas, as cadeiras e a mesinha entre elas para que as pessoas soubessem quem deveria se sentar de que lado, os normais de um lado e os doidos do outro. Doida? Era isso que eu era? Não. Não. Não exatamente. Não dessa forma. O doutor perguntou se eu estava chateada. Ele deve ter notado alguma reação em mim ao ouvir a palavra chateada, pois se inclinou imediatamente à frente e perguntou com o que eu estava chateada.

Não respondi. Ele não conseguiu arrancar nada de mim naquela sua sala com a máquina de escrever e o pequeno ícone que pendia da parede. O chefe da enfermaria era uma pessoa religiosa? Ele também acreditava na misericórdia de deus como a congregação na qual eu não conseguia pensar? Ele tinha sobrancelhas brancas e olhos pequenos, vermelhos e semicerrados como os de um porco, além da pele áspera, pensei. A

caspa chovia sobre a gola do casaco, jazendo ali feito um pó branco.
Ele voltou a se recostar e disse:
— Eu sei que consegues. Sei que consegues falar e que vais falar. Nesse momento, as coisas estão sombrias à tua volta e é como se vivesses com os olhos fechados, mas não se preocupe, pois mantemos a esperança. Nos vemos de novo em uma semana.
Em uma semana. Eu iria ficar ali uma semana inteira, talvez até mais? Já tinham se passado dois ou três dias? Parecia uma vida toda.
Nesse ponto, senti a serpente do poço no meu corpo inteiro. Ou seja, agora iríamos nos encontrar. A serpente se enrodilhou em torno de mim, me derrubou, os seus olhos eram verdes, então fomos até o fundo do poço, que estava recoberto de algas e arbustos. Olhamos uma nos olhos da outra e foi como olhar num espelho. Vi a mim mesma no instante em que nasci, vi quem eu era sem tudo o que depois foi depositado em mim, vi a minha vida despida, mas não foi nos olhos do meu pai que eu me refletia, mas sim nos olhos da serpente, e ela me disse esse aqui é o teu derradeiro momento, é com isso que a morte se parece, tão suave como uma carícia, tão genuína como um nascimento. Agora vou te matar, a serpente disse, e eu dei a minha aprovação a ela. Me mata. Me mata.
Talvez eu tenha feito isso porque realmente queria que a serpente do poço desaparecesse. De repente ela se foi e eu estava outra vez deitada na

cama olhando fixamente para a parede e ouvindo a Sara.

— Logo vou voltar para casa. A minha mãe sente tanta saudade de mim. Ela está completamente louca de saudade, e estou me sentindo bem. O doutor disse que estou estável. Sei que não se trata mais dele e de mim. Foi difícil para mim aceitar isso, estás entendendo? Eu meio que aceitei que tudo estava acabado. Antes, eu tinha fotos dele aqui nas paredes, mas eu as tirei junto com o Micke. Ele me ajudou. Sim, o Micke é o meu enfermeiro. Às vezes ele envia cartões postais para mim quando está em viagem de férias. O Micke é tão legal. Quem é o teu enfermeiro? É o Artan? Na verdade, ele é bonito demais para trabalhar nessa enfermaria. De certa forma, é uma provocação. Não achas?

Olhei fixamente as manchas de umidade no teto e tentei ignorar a Sara. A menina do cervo com a sua galhada e os anéis. Os cabelos loiros e o nariz arrebitado dela. As pantufas que pareciam coelhos. O Artan não estava lá, a gente sentia na enfermaria inteira se ele estava lá ou não. Se o Artan estivesse lá, ele teria instalado um biombo para que ninguém me visse.

Eu continuava viva. Inspirava e expirava. Fiquei assombrada com o fato de a vida se instalar no âmago da escuridão. De o coração continuar batendo, apesar de não haver lugar para ele, já que a escuridão cercava e sujeitava tudo com suas mãos côncavas. Mãos que a qualquer momento podiam se fechar num golpe de misericórdia. A escuridão era capaz de tudo. Mas será que então havia um facho de luz em alguma parte de mim? Seria o Urban? Eu tinha que pedir que ele não viesse mais. Preciso me lembrar de dizer isso a ele. Que isso tem que ter um fim. Ele vai entender. Ele vai me largar nas mãos da escuridão se eu lhe pedir. Ele fará o que ninguém mais pode fazer.

Alguém bateu à porta, e a mãe da Sara entrou acompanhada de uma enfermeira.

A mãe da Sara era loira como ela e estava maquiada. A sua boca era um mar vermelho. Ela foi até a Sara e a abraçou. A enfermeira, que se chamava Susanne, disse que elas deviam ir até a sala de visitas e deixar a Anna sozinha. A Sara olhou triunfante para mim, como que dizendo que ela recebia visitas e era amada, então elas deixaram o quarto como uma tropa e me deixaram sozinha. Sozinha. Eu estava sozinha e havia algo doloroso na palavra sozinha, algo que tocava numa corda bem lá no fundo, e senti a dor antes que as lágrimas chegassem. As lágrimas eram companheiras da esperança, isso eu sabia, sendo assim tentei conter as minhas lágrimas, relegá-las a um lugar dentro de mim onde elas restassem serenas. Eu não queria saber de lágrima alguma.

 Ainda restavam algumas uvas na mesinha de cabeceira, e tirei a casca de uma delas até que só restou a polpa, depois coloquei-a com cuidado na boca e a comprimi com a língua contra o céu da boca, de forma que ela se desfez na minha boca. Eu sabia fazer aquilo. Eu sabia comer aquelas uvas, apesar de não dever pensar no Urban que foi quem as comprou e as trouxe. Eu só devia comer uma depois da outra. Descasquei as uvas e larguei as cascas exauridas num montinho sobre a mesinha de cabeceira e segui comendo. Comi uvas até a Sara voltar. Era visível que ela tinha chorado, pois tinha manchas pretas sob os olhos e ela tinha o rosto todo inchado. A mãe dela não apareceu, mas ela voltou acompanhada pela Susanne, que se sentou na beira da cama ao lado da Sara, abraçando-a por algum tempo.

    Por que eu senti pena da Sara? Por que é que ela havia se infiltrado em mim? Eu não queria tê-la por perto. A saudade de casa que ela sentia e a doentia revelação.

    Era a luz que havia em mim que abraçava Sara?

    Pedi um biombo à Susanne. Será que ela podia conseguir isso para mim? Sim, talvez, a Susanne respondeu. Vou ver isso com o médico quando ele vier para a visita.

    Havia peixe empanado no jantar. Peixe com batatas e ervilhas. Eu continuava olhando paro o meu prato e ignorando os demais. A carne do peixe com farinha de rosca engordurada tinha gosto de amêndoas e manteiga. Eu amassava as batatas com manteiga no óleo de canola como costumava fazer em casa. Em casa. Será que alguma vez

tive uma casa? Na verdade, eu não estava apenas hospedada numa casa? Eu me parecia com eles? Não, nós não éramos parecidos.
Havia um pensamento que eu evitava mais do que qualquer outro. Um pensamento para o qual eu não estava preparada, então o enterrei bem no fundo de mim mesma, no âmago onde ficava a escuridão. A questão do meu pai.
Será que ele derrotou a serpente do poço e pegou o barco até a ilha? Sim, apesar de eu saber que todo o trajeto até aqui era rodoviário e que era só se livrar do botim na sala de espera, feito um pedaço de carne morta. Um alce abatido a tiros. Essa pergunta eu não me fazia. Eu amassava as ervilhas e as misturava com as batatas, mastigava e engolia. Se eu não comesse, tinha que ficar deitada na cama tomando soro, comer era melhor, apesar de tudo. A Susanne também distribuía sanduíches de pão sueco. Esses se esfarelavam entre os dentes e eram difíceis de engolir, mas eu tomava água para ajudar. Engolia e continuava engolindo.
 Depois do jantar, podíamos assistir tevê na sala de recreação ou jogar algum jogo no corredor, mas eu fui direto para o meu quarto e me deitei na cama. Fiquei sozinha no quarto pois a Sara sempre assistia tevê.
 O lençol era listrado em diversos tons de azul-claro e azul-escuro, a fronha do travesseiro era branca e tinha um cheiro bom de amaciante. Fiquei olhando fixamente para a parede grosseira e de repente senti saudade do mapa da região do Mediterrâneo.

Aquela saudade foi como uma onda me golpeando repentinamente, e eu era jogada de lá para cá no fluxo de água sob a superfície. Até conseguir firmar os pés no chão e caminhar no fundo, ou melhor, correr, antes que a próxima onda chegasse. Mais uma porta para fechar. Fechei-a e fechei os olhos. Não vi nada por trás das pálpebras, tudo ficou escuro e era assim mesmo que eu queria que fosse. Estar envolta na escuridão que nada dizia, não rasgava nem furava, apenas deixava afundar, afundar até um lugar em que o silêncio era como um mar cinzento, sem ondas, com uma superfície metálica brilhante. Era nesse mar que eu me banhava quando voltaram a bater à porta.

Era o Artan que entrou no quarto sem necessidade de pedir licença. Ele veio e se sentou na beira da cama.

— Amanhã vamos dar uma caminhada, tu e eu. Vamos dar uma volta no jardim do hospital. Pedi ao Urban para trazer as tuas roupas. Já está frio lá fora — o Artan disse.

Olhei para o Artan para que ele entendesse que eu não conseguiria fazer aquilo. Eu não conseguia me mover. Eu estava lutando com a serpente do poço e lia o que estava escrito na parede. Eu iria morrer, simplesmente porque desejava tanto morrer.

— Seremos só eu e tu. Vai ser bom. Queres fazer o lanche da tarde aqui no quarto? — o Artan perguntou.

Ele trouxe uma bandeja com chá e sanduíche de queijo e, enquanto eu o comia, ficou sentado ao meu lado na beira da cama. Ele disse:
— O meu pai morreu hoje à noite. Estávamos todos lá e ele conheceu a netinha recém-nascida. Colocamos ela sobre o peito dele, e ele a segurou. Alguns minutos depois, ele morreu.
O que é que ele estava dizendo? Que o pai dele morreu? Deixou a vida e os outros para trás naquele quarto? Para onde ele tinha partido? Ou ficou com eles naquele quarto e viu quando fecharam seus olhos e uniram suas mãos, ou simplesmente tinha ido embora? Do que é que o Artan tinha participado? Da morte. Do próprio pai? Ele havia dado um passo na direção dos mortos, onde nada existe, ou havia algo lá à espera dele? Por que o Artan estava aqui comigo e não com a sua família? Tentei dizer alguma coisa, puxei os cordões que sustentam a linguagem, me ajeitei, me recompus, disse por fim:
— Sinto muito pela sua perda.
Só consegui sussurrar, mas ele ouviu assim mesmo e olhou para mim com um olhar sereno e disse obrigado e as lágrimas das quais eu não queria nem saber vieram e escorreram pelo meu rosto, jorravam por aquela morte com o Artan e a esposa dele e a bebezinha inocente que não sabia de nada, mas que estava lá deitada no peito do moribundo quando ele deu o seu último suspiro e seu coração parou feito o pêndulo de um relógio entre uma batida e outra. Existir e não existir e o rosto do Artan, que também estava chorando.

As lágrimas vieram e choramos juntos até que as lágrimas se acabaram e a respiração se acalmou.
— Por que é que estás aqui? — perguntei.
— Eu preciso do dinheiro. Além disso, eu queria trabalhar.
— Gostas daqui? — perguntei.
— Às vezes, sim. Agora tenho que ir. Logo será noite e depois virá a manhã e então vamos sair para dar uma caminhada — o Artan disse.

O Artan saiu. Fiquei deitada no escuro e senti o vazio que ele deixou para trás. Ele deixou o vazio e a morte para trás. Entendi que tudo o que antes pensei sobre a morte estava errado. Que a morte não é algo que a gente possa desejar. Ela simplesmente chega, se a gente mesmo não a buscar atirando-se de um penhasco ou tomando comprimidos em excesso. Nesse caso, ela estaria lá e desligaria o coração da gente como quando alguém desliga uma lâmpada.

O pai do Artan estava morto, e eu estava viva. O Artan estava vivo assim como o Urban. O meu pai estava vivo. Contei os vivos e os reuni dentro de mim, e a luz que irrompeu abraçou toda a vida que eu trazia, mesmo eu não querendo. Não há muito o que a gente possa fazer quanto à luz e à escuridão. Elas estão lá e ocupam o espaço que lhes é reservado. É impossível governar a luz e a escuridão. Não era assombroso que a morte do pai do Artan espalhasse a luz sobre mim? Não deveria ser o contrário?

Fiquei um bom tempo pensando que o Artan agora era órfão de pai. Que ele tinha pai e agora já não tinha mais. Eu não conseguia entender aquilo. Seria porque eu mesma tinha um pai e não podia pensar na vida sem ele, apesar de só ter visto ele quando nasci? Chegou a noite e os remédios e as gotas, e o pai do Artan se desvaneceu e afundei cama adentro e lá me ancorei. Fiquei deitada absolutamente quieta e divisei a paisagem escura. Vi as montanhas e as estrelas que pendiam do céu e o mar que soltava seus suspiros profundos sobre tudo o que há. Eu não queria me mover, pois se o fizesse o Urban surgiria com aqueles seus olhos me pedindo para voltar à vida que eu já não conhecia mais. Os esquis, e a abstinência, a congregação que me apavorava até o meu âmago mais íntimo. Eu jamais poderia voltar lá. Melhor ficar ouvindo o mar e não saber de nada. Melhor sentir o papel de parede texturizado com o seu "de morte morrer", até que a respiração alternasse entre a vigília e o sono e eu viajasse até o rio, absolutamente sozinha, e acompanhasse as suas voltas e eu emergisse da água turva feito uma tora de madeira desgarrada.

  Era plena madrugada quando acordei. Despertei completamente zonza, sentindo o corpo inteiro pesado, mas precisava mijar, então cambaleei até a porta e a abri. Um enfermeiro que estava sentado lendo o jornal levantou-se imediatamente e me amparou antes que eu caísse e me ajudou a ir até o banheiro. Mijei e pensei que estava com fome. Que era plena madrugada e que eu estava com fome. Me limpei e fui até a pia para lavar as mãos. O enfermeiro estava me esperando na porta do banheiro e me amparou para me levar até o quarto. Mas eu esperneei. Não. Não. Eu tinha que dizer que estava com fome, eu tinha que dizer que precisava comer, mas não consegui, e acabei indo parar outra vez na cama, e o enfermeiro, que eu nunca tinha visto antes, me cobriu com o cobertor e deu boa-noite. Se eu rastejar vou conseguir, pensei, então coloquei os pés no chão e comecei a andar de quatro até a porta e lá estava o enfermeiro outra vez determinado a me deter, e eu sussurrei:

— Estou com fome. Com fome — eu disse até ele ouvir.

Ele me ajudou a ficar em pé, e eu me apoiei nele.

— Uma vez não é nada. Duas vezes já é um hábito. Tens que tomar o teu café da tarde. Senta-te. Vou trazer um sanduíche para ti.

Dois outros enfermeiros estavam sentados num sofá e fizeram um sinal para mim com a cabeça, e eu entendi que eles queriam ter uma noite tranquila para poder fazer outra coisa. O outro voltou trazendo um sanduíche e um copo de leite, e devorei o sanduíche rapidamente e depois tomei o leite.

— Está bem assim? — o enfermeiro me perguntou, já me levantando.

Andamos juntos até o quarto número quatro e ele me atirou feito um pedaço de carne na cama e pensei que na verdade era isso mesmo o que eu era. Eu realmente fiz aquela caminhada pela enfermaria no meio da madrugada? Ou será que eu era outra pessoa? Será que eu era o pai do Artan errando por aí sem conseguir me decidir se eu devia abandonar os meus entes queridos ou não? Os remédios me derrubaram, e vi como as cores turvavam a cada vez que eu inspirava e expirava.

O jorro do chuveiro me acordou, fiquei por um bom tempo embaixo d'água, me enxaguava e continuava me enxaguando. Tiveram que me tirar da cama à força, essa história de dar uma caminhada me aterrorizava mais do que tudo. Aquilo tinha a ver com a vida, da qual eu não queria nem saber. O Artan não havia mencionado nada a respeito da caminhada naquela manhã, simplesmente me levou até o chuveiro, mas eu sabia que ele não tinha esquecido, apesar do pai dele ter morrido e de tudo o mais. O Urban deve ter vindo trazer as minhas roupas enquanto eu dormia, talvez ele não quisesse me ver, talvez ele tenha percebido que eu era um caso perdido para eles e que eu jamais iria voltar. O pé do gigante estava lá pisando em mim, ainda não tinham me dado nenhum remédio. Eu tinha vontade de tomar remédio? Sempre se criava um alvoroço quando o carrinho dos remédios chegava e os pacientes se aglomeravam feito passarinhos em volta da enfermeira, que sempre precisava da ajuda de pelo menos mais um enfermeiro para manter todos afastados. No meu caso, eles tinham que vir me dar o remédio, pois eu ainda não tinha saído do meu quarto, mas ouvi a algazarra lá fora e fiquei assustada.

Fechei o chuveiro, vi o espelho embaçado e me sequei meticulosamente com a toalha. Os remédios já me aguardavam no quarto e foi com gratidão que peguei o copinho de plástico e engoli os comprimidos com ajuda da água que a enfermeira trazia numa jarra de plástico junto com as canecas. Logo o pé do gigante iria desaparecer, e as minhas tripas iriam parar de se revirar. Em cima da cama havia umas calças de brim, um blusão amarelo, meias, um anoraque azul, luvas e um gorro. Eu não queria ver aquelas roupas, mas elas estavam bem ali me aguardando. O Artan não ia desistir.

Vesti as minhas roupas costumeiras e escovei meus cabelos até as maçarocas se desfazerem. Arrumei os cabelos num rabo de cavalo e pensei que talvez a minha aparência estivesse como de costume, mas nada daquilo estava certo. Eu havia me fantasiado de mim mesma com aquelas roupas, enquanto o meu eu estava em algum outro lugar completamente diferente.

Fui até a mesa do café da manhã olhando para o chão. Eu jamais havia falado com qualquer dos outros pacientes, nem mesmo com a Sara, mesmo que ela falasse comigo às vezes, me perguntasse se ela ficava melhor com essa ou aquela tiara, ou o que eu achava do seu batom, se a gente não parecia mais velha com esse batom escuro.

Comecei a comer, sabendo que o Artan está lá em algum lugar no fundo da cena. Eu engolia a comida com dificuldade, e as lágrimas ameaçavam jorrar, então eu mastigava e continuava mastigando até que terminei de comer tudo. Nesse momento, senti a mão do Artan no meu ombro.

Chorei enquanto vestia o gorro e o casaco na saída. O Artan se abaixou e amarrou as minhas botas. Depois ele olhou bem nos meus olhos e disse:

— Vamos lá então. Tu e eu. É só uma rápida caminhada no jardim.

Achei estranho que ele pudesse estar ali caminhando comigo quando na verdade ele devia estar em casa, pois aquilo parecia errado. Mas eu chorava porque não tinha coragem.

— Não tenho coragem, Artan. Não tenho coragem.

Eu fungava e chorava baixinho, mas dentro de mim eu soube o tempo todo que eu não iria escapar. Que nada poderia impedir o que estava para acontecer agora.

— Vamos lá — o Artan disse.

Ele me levava pelo braço, segurando o meu cotovelo com a mão para me manter em pé, totalmente decidido, o Artan nem sabia o que era hesitação.

Chegamos até a porta trancada, que o Artan abriu usando a sua chave e depois voltou a fechá-la. A escadaria cheirava a neve derretida e suja. Caminhamos uns poucos passos até o ele-

vador, e o Artan me empurrou para dentro do elevador. Havia espelhos por todos os lados e avistei aquela que, de nós dois, era eu, e essa visão me fez gritar:
— Não! Não!
Comecei a golpeá-lo, mas o Artan prendeu as minhas mãos entre as dele e me olhou com um olhar severo.
— Não podes me bater. Jamais. Estás prestando atenção?
A porta do elevador se abriu e dava para o marco de uma porta, uma porta de ferro no meio da escadaria pintada de amarelo. No chão havia um capacho de borracha empapado de neve derretida suja, com certeza era dali que vinha aquele cheiro, além da neve que havia lá fora. O Artan seguia me segurando pelo braço e me empurrando para fora.
— Muito bem. Mais um passo. Agora mais outro. Vais conseguir. Ótimo.
Eu seguia ao lado dele. Andávamos por um caminho em que haviam salpicado areia para não escorregar, e o gelo embaixo dela era cinzento. De ambos os lados havia montes de neve, pois alguém havia limpado a neve do caminho. O parque estava todo coberto de branco, e nós estávamos passeando nele, o Artan e eu. Eu sentia o cheiro da neve seca, e o sol recaía sobre ela e a derretia. Eu tentava olhar para o chão, mas o Artan dizia o tempo inteiro:
— Olha as aves! Estás vendo aquele arbusto ali?

Ou então:

— Vira agora para ver o hospital.

Eu me virei e vi o prédio vermelho e branco com vários andares. Parecia um castelinho.

— É lá que estás agora, mas não vais ficar lá para sempre. Vais voltar a ficar saudável.

— Quer dizer que estou doente? — perguntei, pois achei que precisava saber.

— Sim, estás doente. Estás deprimida.

— É quanto a gente quer morrer?

— Sim. Também é isso — respondeu o Artan.

Então, ele me fez virar de costas para o hospital para ver a encosta que descia até o quiosque e a rodovia que passava ao largo.

Eu não conseguia mais. Há quanto tempo estávamos ali fora? Cinco minutos?

— Artan, temos que entrar agora — eu disse.

— Primeiro sente a neve — ele retrucou.

Porém, eu me recusei. Ele não ia me convencer a fazer aquilo. Eu simplesmente não conseguia. Eu sabia que a minha recusa era mais forte do que a vontade dele.

— Não. Eu não consigo. Não consigo! — gritei na cara dele.

Ele olhou para mim, e eu vi que ele estava pensando.

— Está bom por hoje. Mas amanhã vamos passear outra vez.

Ele me segurou firme, como se estivesse com medo de me extraviar, dessa vez eu fechei os olhos quando entramos no elevador. Fiquei de olhos fechados até chegar ao nosso andar, então ele teve que me conduzir para fora do elevador e, quando ele tocou a campainha da enfermaria, voltei a abrir os olhos, mas vi apenas os meus sapatos e as poças que se formavam debaixo deles enquanto a neve derretia.

Senti um cansaço que dominava tudo e eu dormi o dia inteiro. Quando acordei, vi uma bandeja com comida numa mesinha com rodízios, comi um pouco de frango com batatas, sem me fazer quaisquer perguntas. Que gosto a comida tinha? Onde é que eu estava? Eu não sabia. Simplesmente levei o garfo até a boca uma vez atrás da outra. O Artan tinha ido embora, e o Urban não havia aparecido. Era apenas eu e o quarto que me oprimia. O biombo que alguém havia instalado ali a meu pedido me causava medo com a sua superfície fosca. Eu não queria tê-lo ali por perto, mas não podia dizer isso a ninguém. Ao menos não agora. Não agora que o último raio de luz desapareceu. Eu estava com uma dor de cabeça que parecia uma explosão por trás dos meus olhos, como se eles quisessem sair do meu crânio, deixar sua moldura. Vi os meus olhos sendo levados embora numa bandeja para serem implantados em outro crânio. Vi aquilo acontecer e não pude fazer nada, pois a minha língua estava paralisada e a minha garganta cortada. Tateei os buracos dos meus olhos, e era tão macio e tenro dentro deles, o sangue escorria até as minhas mãos e os meus braços.

— Anna.
Era a Sara, será que ela estava deitada lá o tempo inteiro?
— Anna, estás acordada? Eu vou para casa, Anna. Vou para casa amanhã. Os médicos me disseram. A minha mãe ficou tão contente, Anna, falei com ela por telefone, e tudo em casa está exatamente como eu deixei. Tudo.
Ela continuou:
— Anna, vou sentir falta de ti. Sim, vou sentir falta de todos aqui. Eles são tão queridos. Não são, Anna? Tu não dizes nada, mas sei que me queres bem.
Fui forçada a pensar na Sara que estava ali deitada no seu leito e na angústia dela, porém, eu não tinha espaço para isso, ela era tão volumosa. Gesticulei um braço para fazer com que ela se calasse, e ela não disse mais nada. Não sei como eu sabia que o que ela estava dizendo não era verdade, mas eu sabia. Eu sabia que a mãe dela queria que ela continuasse aqui, via-se isso em sua boca, o mar vermelho que se abria e fechava.
Tateei com os dedos no "Vais de morte morrer" na parede, e me tranquilizou o fato de ser assim que aquilo iria terminar. Eu não tinha a menor ideia de como devia viver a vida. A vida que acontecia lá fora e da qual eu tinha sido parte.
Alguém bateu à porta, era o Urban. Ele cheirava a neve e suor, ele tinha ido se exercitar, trazia a bolsa com sua roupa de academia. Ele estava parado na porta que estava aberta com a luz às suas costas.

— Anna, vá até a sala de reuniões com o teu irmão para que a Sara possa ficar em paz, ela está chateada hoje — disse um enfermeiro cujo nome era Per Ola.

Segui o Urban pelo corredor iluminado. Segui-o até a pequena sala de consultas onde pernoitei a primeira noite aqui. Segui o cheiro de neve e calor que ele espalhava em sua volta. Nos sentamos no pequeno sofá-cama, e ele abriu a bolsa e tirou dela uma barra de chocolate. Ele partiu um pedaço e me deu, e eu o mordi e deixei o chocolate escorrer pela boca até o queixo, então o Urban me deixou sozinha ali naquela sala e foi até o banheiro buscar papel-toalha para me limpar. De início, ele não disse nada e eu tampouco tinha o que dizer e fiquei me perguntando se os meus olhos estavam lá onde deviam estar enquanto sentia uma pontada na minha garganta.

— Anna. Eu trouxe uma carta da família. Ela está com a enfermeira. Eles acham que é demais para ti nesse momento. Não deves ter medo, Anna.

Não deves ter medo, Anna, aquelas palavras ecoaram em mim. Mas era com medo que eu estava? O Urban saberia, não é mesmo? Eu não conseguia imaginar como eles estavam lá em casa, então fiquei olhando a boca do Urban, como ele articulava as palavras cuidadosamente. Aquele "Não deves ter medo, Anna" ricocheteou nas paredes daquela sala e senti como o coração acelerou no meu peito. Quando eu poderia fazer aquela pergunta? Se ele podia me ajudar a morrer? Não, eu tinha que fazer isso sozinha, eu tinha que achar uma maneira. Compreendi que não era apenas uma questão de vontade e que enquanto eu estivesse internada aqui, eu não iria morrer. Talvez fosse essa a única razão para que eu estivesse aqui?

Quando terminamos de comer o chocolate, era hora de o Urban ir embora. Guardei um pedacinho na mão até derreter e se esparramar, daí o raspei da minha mão com os dentes, traçando linhas no chocolate.

— Me disseram que deste uma saída hoje — o Urban disse.

Olhei fixamente para ele. Ele sabia aquilo? O que mais ele sabia?

— Que ótimo. Realmente ótimo — ele disse.

Entendi que ele queria dizer algo sobre esquiar, mas ele se conteve. Ele inspirou o ar, como que para pegar embalo, mas depois mudou de ideia, e foi nesse vácuo que a imagem dos esquis surgiu, como uma imagem de uma vida passada.

— Adeus, Anna — ele disse e me deu um abraço.

No entanto, eu não consegui retribuir o abraço, pois o horário da visita terminou e ele iria me abandonar à solidão aqui dentro, onde não dava para ficar. Eu como que andava na ponta dos pés naquela enfermaria, e era o que eu podia fazer.

Eu já estava bem imersa na suavidade que envolvia os meus pensamentos quando de repente me sentei. Era madrugada, e a lua pairava no céu e me observava com aquele seu alvo luar. Eu tinha tido um sonho no qual eu comia cascalho e a minha boca sangrava, era realmente isso que acontecia? Examinei a minha cavidade oral, mas não saiu nada, apenas saliva, apesar de eu examinar tão fundo que eu tinha a sensação de que iria vomitar. Eu tinha areia na boca, eu sentia isso, mas apesar disso não havia areia alguma. Tenho que lavar a minha boca. As minhas pernas estavam bambas, eu me segurava na parede, e os funcionários do turno da noite olharam na minha direção, e o Pär, um enfermeiro alto de cabelos escuros, quis me ajudar, mas acenei negativamente para ele para mostrar que eu conseguia me virar sozinha. Andei os poucos passos até o banheiro e não acendi a luz por segurança. Enxaguei a minha boca várias vezes, e era como se a areia estivesse presa nos meus dentes e rangia, mas é realmente impossível, eu disse com os meus botões, e continuei enxaguando a minha boca até que ela não rangia mais e fechei a torneira e senti o registro no escuro, mas ele não estava lá, o registro da torneira era uma faca, e eu cortei a minha mão, e então o sangue jorrava e escorria pelo piso. Senti como o sangue morno deixava o meu corpo e fui forçada a segurar na faca mais uma vez para sair do banheiro. Os funcionários do turno da noite correram na minha direção, me carregaram até um quarto aonde uma enfermeira veio e fez um curativo. Como era possível, eles se perguntavam. Que eu carregasse uma faca na enfermaria. E onde é que estava

a tal faca? A enfermeira limpava o ferimento e aplicava compressas e comprimia e continuava comprimindo o sangue que continuava escapando pelas compressas, de forma que ela tinha que colocar compressas novas o tempo todo.
Por fim, eles conseguiram controlar o sangramento e fizeram um curativo rígido na minha mão. Quem me deu aquela faca? Foi o Urban? — ouvi o Pär perguntar. E então um monte de palavras choveu sobre mim: visita do médico, suicida, protocolos falhos. Me levaram de volta ao meu quarto, me colocaram na cama e me colocaram no soro, e o Pär ficou sentado numa cadeira no quarto e ficou me observando no escuro. Os olhos dele eram como dois buracos negros, e me virei de lado para ficar de costas para a parede, afinal, eu não queria que ele estivesse ali. Ele era como uma fera que aguardava a oportunidade de se lançar em cima de mim.

O rosto do Bengt foi a primeira coisa que eu vi quando acordei. Vi os olhos vermelhos de porco que me olhavam de cima para baixo, e ele tinha uma boina na cabeça e um sobretudo. Ele deve ter vindo direto para cá, sem ter tempo para primeiro trocar de roupa na sua sala com o ícone e as flores secas.

— Precisamos conversar, tu e eu. Vão te buscar às dez. Até lá, quero que faças as coisas de costume. Os remédios, o café da manhã, mas não podes tomar banho hoje. Estamos preocupados com o ferimento.

Pensei que era pela ferida que eles temiam, não por mim. Se eles temessem por mim, eu jamais teria vindo parar aqui, e o Urban surgiu nos meus pensamentos. A maneira dele de dizer:
— Deves ficar aqui. Confia em mim.

Os pacientes estavam sentados lá longe à mesa do café da manhã, feito um rebanho que se movia de acordo com um padrão estabelecido, e fui na direção deles com o Pär apenas um passo atrás. Buscar o café da manhã, mastigar, curvar-se na direção um do outro e olhar para o prato. Era como uma dança com os pequenos movimentos de todos eles formando um movimento ondulado e maior. Um movimento do qual todos participavam, cada um à sua maneira. Me ocorreu que até mesmo a minha recusa fazia parte daquele todo maior, que eu estava lá sentada como uma nota de fundo e me recusava a olhar. Peguei a comida, e aquilo era difícil agora com o curativo rígido na mão, sendo assim a Petra me ajudou, a enfermeira da franja e dos animais de estimação. Eu me empanturrava de flocos de cereal com uma mão, a outra jazia inútil sobre a mesa. Peguei e comi um sanduíche como de costume. A Petra pegou o meu prato e colocou-o no carrinho de louça suja e me pegou pelo braço para me ajudar a levantar, apesar de eu conseguir fazer isso sozinha.

    A Petra me acompanhou até o meu quarto a apenas alguns passos dali, e senti medo de ter ela ali às minhas costas. O que estava acontecendo? Por que eu não podia fazer as coisas como de costume?

Em cima da cama estavam as roupas, as minhas próprias roupas, que o Urban havia trazido, e compreendi que a intenção era que eu me vestisse com a Petra ali no quarto. Eu me vesti o melhor que pude, mas a Petra teve que me ajudar puxando a gola do blusão, para que a mão com o curativo pudesse passar por ali.

Passamos pelo corredor, atravessamos a enfermaria até chegar à outra extremidade, onde os médicos ficam sentados em seus consultórios escrevendo em suas máquinas de escrever ou ditando para o gravador. E era da gente que eles falavam, agora eu entendia isso. A Petra bateu à porta do Bengt, e ele abriu imediatamente, como se estivesse parado ao lado da porta nos esperando.

— Senta-te aqui, Anna. Petra, podes esperar lá fora — ele disse.

Dessa vez, a boina estava pendurada no cabideiro junto com o sobretudo, e a careca áspera dele brilhava vermelha sob os cabelos. Me sentei numa poltrona e o Bengt pegou sua cadeira e se sentou à minha frente, como se não quisesse que a mesa ficasse entre a gente agora que nós dois íamos conversar.

— Anna, de onde veio aquela faca?

Ele buscou o meu olhar que queria se refugiar no ícone e na janela que dava para o exterior, mas ele me capturou com os seus olhinhos e compreendi que eu estava obrigada a responder. Briguei com a minha garganta para organizar as palavras que estavam misturadas lá embaixo.

— Foi o registro da torneira — respondi, apesar de compreender que aquela era a resposta errada.

— O Urban trouxe a faca? — ele perguntou.

Fiquei olhando para ele, tentando entender quem ele era. Se ele sabia a respeito da serpente do poço e do cascalho, se ele sabia como a lua brilhava. Porém, apesar de ser o diretor, ele não sabia de nada, e isso me deixou tão assustada que o meu coração batia forte no peito.

— Não — respondi.

Ao menos tentei dizer aquele não, mas ele não se projetou naquela sala, mas sim ficou retido dentro da minha boca.

Fiz um esforço para botar aquele não para fora:

— Não, não. Não, não foi o Urban.

— Anna. O que foi que aconteceu? Sabes que temos protocolos rígidos aqui. Todos os pacientes são revistados quando entram aqui. As facas de cozinha ficam trancadas e não pode haver nenhum objeto cortante na enfermaria. Nesse caso, vou perguntar outra vez. De onde veio aquela faca?

— Foi o registro da torneira — repeti.

Era a única coisa que eu podia responder. Era mais do que eu podia responder. Lembrei da noite anterior e do registro da torneira ardendo na minha mão, do sangue que jorrava de mim.

— Anna. Temos que reforçar a tua vigilância, uma vez que mostrou que tens um comportamento autodestrutivo. Vais ter sempre alguém

contigo o tempo todo. Não vais poder nem ir ao banheiro sozinha. Alguém vai ficar sentado ao lado do teu leito enquanto dormes. Mas tens que contar de onde veio aquela faca. Entraste na cozinha enquanto estavam preparando o jantar?
Fiz que não com a cabeça. Não, eu não tinha entrado na cozinha.
— O Artan e tu fizeram uma caminhada. Pegaste algo do Artan?
Fiz que não com a cabeça outra vez.
— Noto que não vamos avançar aqui, Anna. Vamos ter que reforçar a tua medicação. Creio que estás sofrendo de alucinações. E de perda de memória. Os remédios vão te ajudar a organizar os teus pensamentos e te manter calma. Entendes o que estou dizendo?
— Não quero isso.
As palavras escaparam de mim e caíram nos joelhos dele, e vi claramente como ele as recolheu, uma depois da outra, e as limpou como quando lavamos uma maçã.
— Isso é tudo por ora, Anna, agora vou conversar com os funcionários sobre as falhas nos nossos protocolos — ele disse com as maçãs ainda nas mãos.
Depois ele me deu um tapinha no ombro e acrescentou:
— O que aconteceu não é culpa tua.

Eu nadava debaixo d'água. Uma braçada depois da outra. Os relógios bateram, e a congregação estava lá sentada nas cadeiras enfileiradas no fundo, e suas mãos unidas estavam brancas e seus cabelos oscilavam na água. O Erik estava na primeira fila com as mãos estendidas. Agora vamos orar ao deus vivente, ele cantou. Nadei em direção a eles, em direção aos relógios e em direção às mãos estendidas deles. Agora vamos cantar em louvor ao deus vivente, o Erik cantou e nadei em direção a uma cadeira vazia que estava um pouco afastada das demais. Me sentei naquela cadeira e segurei nela bem firme para não flutuar. A congregação se virou na direção onde eu estava sentada, e a cantoria se intensificou. Eles gritavam. Gritavam com a boca escancarada e suas bocas eram como aquele grito. Insuportáveis. Soltei a cadeira, mas não flutuei. Permaneci firmemente sentada. Eles olhavam para mim com os seus olhos e senti o meu coração batendo e tentei escapar, mas eu pertencia a eles. Pertencia a eles mais do que eu jamais poderia crer e então também gritei. O meu grito fez com que eles parassem, e a AnnaLisa se virou em minha direção, sentou-se nos meus joelhos e colocou a mão sobre a minha boca. Tentei me soltar, puxei os cabelos compridos dela e depois a golpeei no rosto, arranhando-o com as minhas unhas até sangrar, mas ela não me largava. Eu não conseguia respirar e minhas vistas se escureceram e senti a morte como uma sombra escura antes de despencar. Despenquei na escuridão e de longe eu ouvia as orações da congregação, oravam pela salvação da minha alma, que deus iria acolher como sua. Chorei, chorei porque aquele era o fim, porque eu não podia mais, porque a vida que eu conhecia estava acabando.

O Artan olhou para mim e vi que ele estava desapontado. Ele não disse nada, mas observei nos ombros dele que ele estava colocando uma distância entre nós. Sempre houve uma distância, mas agora ela cresceu. Ele estava sentado numa cadeira no meu quarto com um livro na mão, e eu estava deitada olhando para a flor no teto, que se abria tão lentamente que nem se via. Senti vergonha de ele ficar ali sentado e de eu não estar fazendo nada. Ele ia ficar lá sentado olhando para mim que estava simplesmente ali deitada? A sensação era de que eu era um nada e que ele tinha que vigiar aquele nada. Senti vergonha de aquilo ser parte da vida dele. De estar tomando o tempo dele. Senti que eu devia dizer alguma coisa a ele e tentei dar com as palavras certas até que por fim eu disse:

— Não quero que seja assim.

— Não. Eu sei. Não devias nunca ter te cortado, Anna — o Artan retrucou.

Será que o Artan não era capaz de entender? Não. Ninguém era capaz.

— Não — acrescentei.

O Artan continuou lendo o seu livro e tamborilava com os pés no chão, irritado, sem poder me dizer nada. Não agora. Eu o havia traído, era o que aqueles pés tamborilando queriam dizer, não traíste apenas a ti mesma, mas também a mim. Eu acreditei em ti, Anna, ele dizia com os pés. Estávamos no caminho certo, mas agora já não é mais assim. Compreendi que os enfermeiros jamais podem criar expectativas em relação aos pacientes, jamais podem investir algo de si mesmos nas pessoas que estão sob seus cuidados e que talvez tenha sido isso o que o Artan tinha feito, sem ele mesmo entender.

    Afundei no lençol, simplesmente deixei isso acontecer, pois era doloroso demais estar acordada. Encontrei o barqueiro que me disse para embarcar, mas segui adiante e fui até a menina do cervo que estava sentada num banco chorando, depois segui ainda mais adiante até o dia que raiava, lá onde a claridade era tão forte que era impossível ver. Tateei a mim mesma com as mãos e adentrei na claridade até chegar à rua onde ficava a casa da minha família, todos eles estavam lá sentados comendo. Entrei em casa sem que ninguém me visse e fui até o meu quarto, onde estava o mapa, e pensei que agora que o vi irei me lembrar dele para sempre. Me virei na direção da mesinha de cabeceira onde as cartas ficavam guardadas e lá estavam elas, e vê-las me fez recuar e sair do quarto e sumir daquela casa e atravessar a claridade até voltar ao meu corpo cuja pélvis jazia ancorada na cama.

    Os remédios novos deixavam a minha língua rígida, e se antes eu mal conseguia falar, agora isso era impossível. Eu balbuciava as palavras, sim, obrigada, não, em resposta às perguntas dos funcionários, se eu não ia tomar banho, se eu não queria mais um sanduíche. A minha mão estava cicatrizada e nela agora só restava uma marca vermelha que comichava. O meu corpo estava rígido, ele havia congelado de dentro para fora e eu me sentia como uma banquisa dura, com espaço apenas para os pulmões, que impeliam o ar para dentro e para fora, e para o punho do coração, que continuava batendo bem lá fundo do meu âmago congelado.

    Eu estava proibida de receber visitas. Pensei no Urban. Que talvez ele se sentisse aliviado. Eu não tinha ideia de quanto custava a ele me visitar. Talvez ele estivesse contente de não ter mais de vir aqui. Eu o entendia. Eu própria não gostaria de ter de me visitar. Talvez fosse mesmo melhor que eu fosse deixada aqui, de onde eu jamais iria sair. Era assim que eu pensava agora. A morte parecia longínqua. Como se não me pertencesse mais, como se não fosse uma possibilidade. Apenas em sonhos eu a via e me acercava dela. Era o barqueiro, e a cerração cantante, ou o teto de cascalho prestes a despencar. O cão de olhos vermelhos. Eu sempre a reconhecia, não importava a aparência que ela tinha, mas jamais conseguia me acercar dela o suficiente.

    Eu me questionava a respeito da minha vontade. A minha vontade de viver? Eu a tinha em algum lugar? Que aspecto poderia uma vida ter? O que iria acontecer comigo? Eu iria desembocar na mesa de casa onde eles estavam jogando algum jogo? Eu iria voltar a dar caminhadas? O Artan não disse nada a respeito disso. Ele não dizia nada, apenas me ajudava com as minhas necessidades básicas. Eu passava os dias sentada no caixilho da janela fantasiando, enquanto ele ou algum outro funcionário me vigiava no quarto. De alguma forma eu me acostumei a ter sempre alguém ali, até mesmo quando eu ia ao banheiro, apesar de a vergonha que eu sentia continuar existindo. A ter uma testemunha da minha recusa, daquela não vida que já durava um bom tempo, quanto tempo exatamente eu não sei. Rocei a janela de plástico com a mão. Vi a primavera lá fora e os dentes-de-leão que botavam a cabeça para fora da neve. Senti dentro de mim o cheiro da terra, a neve úmida e morna, depois a terra embaixo dela. Pensei no rio irrompendo e retomando o seu espaço, nas botas de borracha com forro e no gorro que dava comichão e compreendi que sim, que aqueles pensamentos faziam parte da vida. Será que eu devia contar ao Bengt sobre o rio?

Ao Artan?

O Artan estava lendo, sentado tranquilamente na cadeira. Concentrado, ao que parecia. Me perguntei que livro ele estava lendo. Será que eu podia perguntar a ele?

Então eu disse com a língua atravancando, fazendo com que eu soasse como um velho:

— Artan. Quero sair.

O Artan ergueu os olhos do livro. Olhou para mim, como se tentasse entender quem eu era. E o que eu queria. Com aquela voz que eu tinha.

— Não vai ser fácil — ele respondeu.
Depois, continuou lendo, como se se recusasse a me deixar entrar, como se o caminho até ele estivesse bloqueado. Bati e segui batendo à porta. Eu me vi fazendo isso. Eu quase bati nele, mas ele apenas seguia sentado ali no quarto, feito um dois de paus, pensei, e não fiz mais nenhuma tentativa com a voz, pois os remédios diurnos haviam chegado na mesinha com rodízios, trazidos pela Sonja dessa vez. Aquela dos bracinhos finos, deixando os ossos visivelmente à mostra. Ela cumprimentou o Artan acenando a cabeça de leve e depois olhou para mim, dizendo:
— Desce da janela agora. Senta-te na tua cama, vou te aplicar uma injeção.
Fiz como ela mandou, então ajudei desvestindo o braço para que ela pudesse fazer o garrote. Ela deu um tapinha na dobra do meu braço e sorriu empolgada:
— Que beleza de veias. Nem todo mundo é fácil assim de dar injeção.
Era como se ela estivesse me cumprimentando pelo fato de o sangue fluir tão ostensivamente nas minhas veias, e vi quando ela deu a picada com a agulha, vi como a agulha deslizou por baixo da pele. Ela colocou um tubinho depois do outro. Virava-os para cima e para baixo e os colocava num pequeno suporte em cima da mesinha. Depois ela me deu os remédios, que eu engoli com água e escancarei a boca para mostrar que eu não havia escondido nenhum comprimido em algum canto da boca.

— Obrigada, Anna — a Sonja disse.

Ela acenou de leve com a cabeça para o Artan outra vez e saiu do quarto.

A porta se fechou às costas dela, e o quarto aguardou o ruído se extinguir e depois voltou ao seu normal. Agora fazia uma semipenumbra e ele certamente não conseguia mais ler com tão pouca luz, pensei.

— Amanhã acaba a tua vigilância reforçada — o Artan disse de repente.

A voz dele encheu o quarto inteiro, chegando até o teto bem lá no alto e de lá caiu no chão.

— Ótimo — eu disse.

Depois dessa conversa, era como se toda a nossa energia estivesse exaurida e compreendi que custava ficar sentado imóvel na cadeira daquela forma, mesmo que ele tivesse um livro.

O Artan inspirou fundo mais uma vez e depois desembuchou:

— Logo eu já vou e então o Rodney vai chegar, certo?

— Certo — respondi.

Não havia problema algum com o Rodney. Ele era um dos funcionários que trazia mais sanduíches antes do cair da noite. Ficamos sentados no escuro por um bom tempo, e entendi que o Artan apenas fingia estar lendo. Será que ele havia fingido o tempo todo? Haviam dito que eu não poderia ler a carta que recebi da minha família, ainda não era o momento, mas quem sabe logo? Eu queria ter o Urban aqui comigo, ou ao menos o Artan. Talvez eu não soubesse mais ler. Aquela nova rigidez em mim me deixava dividida. Era como se eu tivesse dois lados que se afastavam um do outro. Eu caminhava cada vez pior, como que cambaleando de lá para cá até a mesa do café da manhã. Talvez aquela rigidez desmontasse as palavras escritas no papel, da mesma forma que fazia com as palavras que eu falava. Eu não havia lido nada desde que cheguei aqui, nem escrito.

    O Rodney bateu à porta e enfiou a cabeça no quarto, e o Artan se levantou aliviado. Era evidente que eles tinham apreço um pelo outro, pois deram um aperto de mão e sorriram um para o outro de maneira que os dentes deles brilharam no escuro.

    — Como vão as coisas por aqui? — o Rodney perguntou.

    — Tudo tranquilo. Vens à festa, né? — o Artan retrucou.

    — Vou, sim. Sim, que diabos. Sabe-se lá como vai acabar — o Rodney respondeu, gargalhando em seguida.

    O Artan também gargalhou.

    — Nos vemos, então — o Artan disse e saiu do quarto sem sequer dar tchau.

    — Queres ficar assim no escuro, ou posso acender a luz? — o Rodney perguntou.

    Como eu não respondesse nada, ele acendeu a lâmpada no teto.

    — Queres um jornal emprestado? — ele perguntou.

    Respondi que não balançando a cabeça.

    — Queres só ficar aí sentada?

Fiz um esforço com a minha voz, tentando contornar a minha língua, e disse:
— Eu não posso falar.
— Pobre de ti, Anna — o Rodney disse.

Mas porque ele disse aquilo, as lágrimas realmente saíram dessas palavras e desceram e continuaram descendo pelas minhas bochechas. As palavras, que até então repousavam lá empedernidas de gelo e em segurança, agora emergiam do fundo como um exército, e eu chorava e fungava o nariz ali sentada e eu odiei a mim mesma por causa daquelas lágrimas. As lágrimas jorravam. Era impossível detê-las. Elas passavam ao largo da minha rigidez como se não fosse nada e saíam à claridade onde eu estava com o Rodney ao meu lado. Ele como que me segurava inteirinha, apesar de apenas me segurar pelo ombro.

— Isso é ótimo. É ótimo que estejas chorando — o Rodney disse.

Saí do quarto com o Rodney atrás de mim, comecei a correr pelo corredor até chegar à porta da sala de recreação, que estava aberta, e chegando lá eu me virei e corri de volta, porém não era possível correr direito em parte alguma. Senti como os músculos se agrupavam em torno do movimento e me ajudavam a ir em frente, um passo depois do outro, como se apenas estivessem esperando por aquela oportunidade de se estenderem, mas fui capturada pelo Rodney, que me segurou com força por trás, e eu chorava e continuava chorando, gritei e chorei até cair no chão e vomitar. Era como se eu estivesse vomitando no chão de corpo e alma, choques começaram a percorrer o meu corpo e se repetiam em ondas. Era como se aquilo não tivesse fim, mas no final aquelas ondas pararam, e o Rodney me ajudou a ir ao banheiro onde eu enxaguei a boca e o rosto com água fria, o blusão e as calças ficaram molhados, mas não estava nem me lixando para isso, então voltei ao meu leito com a ajuda do Rodney. Ele me ajudou a me deitar com todo o cuidado, como se eu fosse uma criancinha que precisasse ser colocada para dormir, e a mão dele refrescava a minha testa. Ele se sentou na cadeira bem próximo à cabeceira da cama e por algum motivo pensei na Sara que estava lá sentada na sala de recreação olhando tevê com os outros pacientes. Pensei que ela não iria nunca voltar para casa, mas por que pensei nela naquele momento eu não sei explicar. Fiquei feliz que o Rodney estivesse ali sentado. Eu tinha medo. Era como se alguma coisa se mostrasse para mim, como se alguma coisa estivesse se definindo, mas eu não sabia o quê.

Sentido. Sentido. Acordei com essas palavras queimando no peito. Abri os olhos e olhei aquele quarto que eu odiava. As roupas no chão, o pó que se destacava nitidamente contra a claridade, que eu fazia de tudo para deixar do lado de fora. Fechei os olhos novamente. Os pensamentos se moviam por dentro feito serpentes morosas. Não quero. Isso não. Nunca mais. Me coloquei na posição fetal e me embalava para afogar os pensamentos. O que eu deveria fazer? Era importante fazer com que o dia se transformasse em noite. Desligar era só o que eu ansiava. O sono era uma libertação. Por alguma razão, os meus sonhos eram claros. O sono escreveu no meu rosto durante a noite. Sulcos vermelhos de desespero que desapareceriam imperceptivelmente durante o dia.

Tudo agora estava rígido e empedernido de gelo dentro de mim. Poder morrer. Poder morrer, ecoava dentro de mim. E ao mesmo tempo aquela fome. Por quê? Ah, como eu odiava a mim mesma e àquilo que eu havia me tornado imperceptivelmente. Dia após dia, semana após semana, eu havia criado aquele monstro que era eu mesma.

Se eu apenas conseguisse adormecer... Afundei o rosto no travesseiro, me tapei com a coberta e fiquei me perguntando quando chegariam os remédios. Era uma bênção entregar-me a cada inspiração e expiração enquanto eu atravessava o túnel que sempre ardia de luz nos cantos. Ah, essa luz, foi a última coisa que pensei antes de adormecer novamente.

Quando voltei a acordar havia anoitecido, e o Urban estava no meu quarto. A propensão do Urban de jamais desdenhar de alguém me dava nos nervos, ao mesmo tempo que me deixava admirada, pois eu sabia que ele possuía uma sabedoria de que eu própria carecia completamente. O meu olhar era impiedoso e brutal, ao passo que o Urban olhava para mim sem me julgar. O Urban não julgava ninguém. Ele repousava seguro em si mesmo. Sua visão em perspectiva e sua capacidade de moderar o tempo permaneciam intactas. Quando foi que essa minha capacidade se esfacelou?

Eu tinha a minha lembrança. Claro que eu a tinha. Eu me lembrava do mar. Eu me lembrava do céu. Do céu e do mar. Eu me lembrava do meu pai.

Alto lá. Eu me lembro dos presentes que ganhei quando era uma criança.

Te levanta! Te levanta! O Urban devia me sacudir, me bater com aquelas mãos que ele tinha. Em vez disso, ele me deu uvas e chocolate, ali mesmo deitada como eu estava. Como quando alguém alimenta um cão. Porém, o dia tinha transcorrido imperceptivelmente. Isso me tranquilizou. A pressão sobre o meu peito aliviou. Me esforcei para me colocar na posição sentada. Olhei para a porta que me mantinha trancada aqui dentro. Que mantinha o mundo inteiro lá fora. A madeira havia sido desgastada pelo tempo e apresentava manchas de sujeira incrustada. As paredes se apoiavam umas às outras. Mantinham o quarto no lugar. Aparentemente indiferentes a mim. O barulho da enfermaria me incomodava. A minha audição estava tão sensível que eu podia ouvir a tevê da sala de recreação, os outros conversando entre si, um dado sendo jogado. Então chorei novamente. Por que eu não conseguia morrer? Por que um salto pela janela não levaria à libertação?

Eternidade. Quão assustadora essa palavra pode ser? Poder morrer. Poder morrer. Poder sair da vida e entrar no enorme espaço silencioso que era a morte. Poder sentir a derradeira batida do coração. Mas essa libertação me era negada. Por quê? Porque eu era a Atena.

Ouvi um sibilo no encanamento do quarto. Prestei atenção no ruído, era alguém dando descarga no banheiro. O Urban continuava sentado na beira da cama, mas logo ele iria embora, e eu ficaria sozinha outra vez. Evitei a palavra sozinha pois sabia que ela podia provocar as lágrimas. Em vez disso, me concentrei no ruído do encanamento. Fechei os olhos e imaginei que era o meu cérebro que estava indo água abaixo. Todos os caminhos vertiginosos que conspurquei com a minha incapacidade. Gelei de frio e puxei até a cama um blusão grande de crochê que estava no chão. Bem que eles podiam trazer os remédios. Gastei o meu sono durante o dia. Dentro de mim eu sabia que aquela seria uma noite de vigília e senti um calafrio. O que eu iria fazer com todo aquele tempo? Todas aquelas horas que se seguiam umas às outras implacavelmente? Peguei uma das barras de chocolate, abri-a e comi. Depois que começava, eu não conseguia parar de comer. Peguei um pedacinho atrás do outro. Eu mal mastigava, simplesmente engolia e sentia as bordas contundentes raspando a minha garganta. Empurrava o chocolate para baixo tomando a água que estava numa jarra de plástico sobre a mesinha de cabeceira, e algo arrefeceu em mim. A agitação? Eu queria entender umas coisas fazia muito tempo. Como uma coisa levava à outra. Havia uma série de questões que eu vinha evitando. Que eu precisava evitar. Fechei os olhos novamente, para deixar aquelas questões do lado de fora. Acontecia de elas se lançarem em cima de mim com uma força contra a qual eu não conseguia me defender, a não ser com os remédios, mas na maior parte do tempo jaziam hibernando no meu âmago mais profundo e era assim que eu queria que fosse.

 Tentei preservar aquela calmaria. Pensei que o agora é o agora e que não existe nada além disso. Dentro de mim havia uma voz que me dizia com firmeza que isso não podia mais continuar. Não podia mais continuar.

 — Podes voltar a fazer as tuas caminhadas. Conversei com o Bengt e com o Artan e eles também acham que isso é uma boa ideia — o Urban disse.

 Mas eu não queria. Eu não queria nada, nem mesmo ouvir o Urban enquanto ele falava, então dei as costas a ele e olhei para o papel de parede texturizado.

 — Estamos todos de acordo que tens que te mover mais. Vais ter que te forçar a isso para começar, mas depois vai ser mais fácil. Sei que não compreendes isso agora, mas vais virar a página e vais seguir em frente.

Depois ele perguntou:
— Eu gostaria de ler a carta da nossa família para ti, posso?
Ao ouvir a palavra família, as lágrimas voltaram. Família, sozinha, pai, essas eram as palavras que eu evitava e agora ali estava ele me arranhando e me rasgando com aquelas suas mãos. Ele continuava segurando firme o meu anseio sem entender que aquilo não era possível.
Olhei outra vez para a parede e retruquei:
— Não, Urban. Sai daqui agora.
Como ele continuava sentado onde estava, tudo se tingiu de escuridão dentro de mim e eu pulei em cima dele, agarrei a cabeça dele entre as minhas mãos e gritei:
— Sai daqui agora! Sai daqui!
No entanto, o Urban era mais forte que eu, ele segurou as minhas mãos e se soltou.
— Não creias que és capaz de me amedrontar. Jamais creias nisso. Te deita no teu leito. Eu sei o texto da carta de cor e salteado.
Então ele começou a ler a carta, sua voz enchia o quarto, alta o bastante para abafar os meus pensamentos:
— Querida Anna! Pensamos em ti todos os dias, pensamos que estás aí e nós estamos aqui e que todos nós queremos que voltes para casa. Nós te amamos, saiba disso. Te amamos como se fosses uma de nós. Tu és e tem sido uma de nós desde o primeiro dia, desde que fomos te buscar. Não tens por que ter medo, nem por que desesperar. Simplesmente deves ficar aí onde estás e a

cada dia que passa vais te sentir melhor e, quando estiveres pronta, vais voltar para casa conosco. O teu quarto está à tua espera. Nós o arrumamos e o mantemos em ordem para ti. Colocamos flores na tua mesinha de cabeceira. Sentimos a tua falta o tempo todo. Talvez não acredites nisso agora, mas há uma vida te esperando aqui conosco. Nós te amamos.
    Sven, Birgitta, Ulf e Urban.
    Nós te amamos.
    Nós te amamos, aquilo ficou rodando na minha cabeça, mesclando-se às lágrimas. Será que eu ainda podia voltar para lá? Ainda havia um caminho de volta?

    Dessa vez eu mesma me vesti. As ceroulas embaixo das calças de brim, a blusa de mangas compridas, que pinicava, e o casaco acolchoado, o gorro e as luvas. Quando o Artan disse "está bem calor lá fora", as palavras dele entraram e saíram pelos meus ouvidos. Para mim era inverno, como da última vez que tínhamos ido caminhar. O Artan abriu a porta e depois a fechou às nossas costas. O coração bateu acelerado no meu peito quando nos aproximamos da porta de correr.
    Havia só um pouquinho de neve aqui e acolá, a maior parte do terreno estava descoberto, e eu ia de braços com o Artan pela grama úmida e hirsuta. O ar vibrava com todos os passarinhos que cantavam, e aquele era um som do qual eu precisava me esquivar, então puxei o gorro cobrindo as orelhas. Havia bancos espalhados aqui

e acolá pelo jardim do hospital para que as pessoas pudessem se sentar um pouco em cada lugar e aproveitar o bom tempo, ou tomar um cafezinho.

— Acho que devíamos passar pelo lago. É um trajeto um pouco mais longo, mas acho que esse cansaço irá te fazer bem — o Artan disse.

Não me opus àquilo, simplesmente segui andando ao lado dele, em meio àquela explosão de vida, e me senti como uma forasteira, como alguém de uma outra época. Caminhamos em torno do lago, cujas margens ainda estavam congeladas, os barquinhos jaziam sobre cavaletes ou ao lado deles, e os proprietários dos barcos estavam por ali e conferiam se suas garrafas térmicas e suas laranjas estavam em ordem.

O Artan andava rápido com os braços cruzados.

— Vamos, Anna! Mais rápido! — ele exclamou.

Fiz como ele mandou e era como se nós dois estivéssemos voando sobre a trilha em torno do lago. Quem era o Artan, que era capaz de voar daquela maneira? — eu me perguntava. Encontramos várias pessoas que passeavam com ou sem seus cães, e a claridade fazia os meus olhos piscarem, fazendo com que pontos azuis dançassem por trás das minhas pálpebras a cada vez que eu fechava os olhos. Mas o Artan era rápido em dizer:

— Olha, Anna. Olha que bonito aquele barco pintado de vermelho e azul.

Eu olhava, é claro. Eu olhava tudo. A tudo eu olhava. A cor das cascas de laranja, os olhos das pessoas que viam a gente voando pela trilha, a cor azul turquesa e aquosa do céu, os aromas que a terra exalava onde pisávamos nela. O Artan aumentava o ritmo, e eu o seguia, como que me espichando até ele, pois agora ele já não se importava mais se eu o seguia ou não. Eu lutava com todo o meu corpo para acompanhar a velocidade dele.

Quando voltamos ao jardim do hospital, o Artan disse:

— Ih, chegamos tarde para o almoço. Mas vou arranjar alguma coisa pra gente.

Eu fedia ao entrar na enfermaria e pensei que não devia deixar ninguém me ver assim, então me apressei em entrar no meu quarto e pendurei o casaco no guarda-roupas rapidamente e o resto eu simplesmente enfiei no armário e fechei a porta. Me joguei debaixo das cobertas e senti como o meu coração pouco a pouco começou a bater num ritmo mais tranquilo. Fechei os olhos, e as cores detrás das minhas pálpebras eram tão claras que chegava a doer.

Eu queria aquilo? Eu queria toda aquela luz? Eu não tinha resposta alguma, e as perguntas que chegavam se aglomeravam e se enroscavam lá dentro feito cordas. O rosto do Artan surgiu, primeiro como uma sombra, depois se mostrou mais propriamente com suas feições reais e seus olhos escuros, e ele trazia uma bandeja. Ah, como eu odiava aquelas bandejas, pensei. Todas as jarras de plástico e o sabão que pendia preso na parede. Ah, como eu odiava aquela enfermaria com seus horários estabelecidos e seus ritmos particulares nos quais era impossível se encaixar.

    Apesar disso, eu não ia voltar para casa. Disso eu tinha certeza. Que aquele tempo havia passado e não tinha como voltar. Eu não sabia nada a respeito do meu futuro, e esse laço rompido era o que eu segurava nas minhas mãos.

    Talvez fosse por isso que eu não conseguia recuperar a saúde? Por mais que eu gostasse do Urban, jamais seríamos irmãos. A Birgitta e o Sven e o Ulf, lá estavam eles bem distantes, às minhas costas, e eu havia percorrido um caminho que eles jamais poderiam percorrer. Não havia um caminho de volta. Talvez o Urban soubesse disso? Bem no fundo dele mesmo?

    — Bacalhau fresco cozido, batatas e ervilhas — o Artan disse, largando a bandeja na mesinha de cabeceira.

    Eu comi tudo, devorei tudo vorazmente como se nunca tivesse comido antes. Feito um cão, pensei e fiquei encabulada porque o Artan estava vendo tudo. Mas ele não disse nada, simplesmente ficou sentado ali na cadeira esperando-me terminar. Quando ele próprio ia comer eu não sabia.

    — Vamos continuar com essas caminhadas — ele disse simplesmente e saiu levando a bandeja.

A rigidez era algo com que eu havia me habituado. Com o fato de o meu corpo andar em direções diferentes. E os meus pensamentos. Era como pular de um bloco de gelo para outro, com uma nesga de mar gélido entre os blocos. Eu tinha achado um jeito de controlar a minha língua, caso precisasse dizer alguma coisa. O que quase nunca acontecia. Nem com o Artan eu falava propriamente muito, apenas as coisas mais elementares, o absolutamente necessário para que a gente pudesse sair para caminhar. Eu respondia quando me dirigiam a palavra, isso era tudo. Mas a luz que havia se infiltrado sempre existia em meio à escuridão, e eu não queria chamar aquilo pelo nome correto, mas ocorria de eu mesma adentrar a escuridão antes de adormecer e, envolta nos remédios, soletrava a palavra esperança.

— Vais melhorar com as caminhadas. É muito bom que continue fazendo isso. Pelo que me disseram, estás bem motivada para seguir caminhando. Eu gostaria que tivesses uma participação mais ativa também na enfermaria. Participe de alguma coisa, Anna, nem que seja assistir tevê pelas tardes. Não tens que conviver com os outros pacientes. Está bem que te atenhas apenas aos enfermeiros. Porém, tens que te forçar a fazer algo. Jogar algum jogo. Pode ser, Anna? Podes jogar algum jogo até nossa próxima consulta? Vou conversar a respeito com os funcionários da enfermaria — disse o Bengt.

Eu não disse nada. Jogo? Do que é que ele estava falando? Que eu devia jogar algum jogo? O Bengt vestia uma camisa branca com botões azul-claros, estava acompanhado do médico residente titubeante, que fez um aceno de cabeça me incentivando, percebi que ele cheirava a bebida alcoólica e falei isso, tu estás cheirando a bebida alcoólica, e ele retrucou, o que é que você sabe sobre bebidas alcoólicas, Anna? Sei que elas são uma desgraça, respondi, e ao ouvir aquela palavra, ele anotou algo na sua prancheta.

— Desgraça, essa é uma palavra forte, Anna.

Como se houvesse palavras fortes e palavras fracas, então ele se curvou na minha direção e eu perguntei o que é uma palavra fraca, mas ele não respondeu à minha pergunta, apenas voltou a se apoiar para trás e passou a mão no cabelo. Ele fez aquilo várias vezes, até que o Bengt disse:

— Então estamos de acordo. Vou conversar com o Rodney, ele vai trabalhar no plantão dessa noite.

Estávamos sentados no corredor e a sensação era aterradora. Cada vez que alguém passava, eu olhava para a Sara. Os demais eram como sombras vislumbradas de passagem. Os outros me causavam medo, simples assim. O fato de que éramos parecidos e de que eu enxergaria essa semelhança se olhasse para eles. Eu nunca tinha me sentado antes naquele sofá listrado de vermelho e branco, apenas o havia visto de canto de olho.

— Esse jogo se chama *yatzy*. É jogado com cinco dados e cada jogador pontua ao tirar diferentes combinações. Simplesmente joga os dados, e eu explico o resto durante o jogo — o Rodney disse, tentando captar a minha atenção.

Então ele me entregou os dados e eu os peguei, mantendo-os nas minhas mãos.

— Joga os dados na mesa. Joga, vais conseguir! — o Rodney exclamou.

Soltei os dados sobre a mesa. O barulho quando eles bateram no tampo da mesa.

— Olha só! Tiraste dois cincos. Guarda-os e joga de novo os dados restantes. O teu jogo é tirar cincos — ele esclareceu.

Joguei os dados novamente. *Ritch*, assim aquele ruído soava na minha cabeça.

— Viu só, mais um cinco. Ótimo. Joga mais uma vez.

Peguei os dois dados restantes e os lancei na mesa. Tirei um quatro e um três.

— Três cincos, quinze pontos. Excelente. Se tirares três de todos os números superiores, ganhas um bônus. Agora é a minha vez.

O Rodney lançou os dados, e eu me encolhi, pois senti que alguém estava passando bem perto de mim. Aquilo me atravessou como um choque, e olhei fixamente para os dados que o Rodney tinha jogado.

— O meu jogo é tirar dois. Olha agora, Anna.

Olhei ele jogar os dados restantes e ele tirou mais três números dois.

— Yatzy! Eu tive muita sorte dessa vez — o Rodney disse, como que se desculpando.

É claro que ele queria que eu ganhasse, mas eu só pensava no choque que me atravessou, e que eu ainda estava sentindo, como se fosse uma misto de golpe e de carícia.

— Rodney, podemos parar agora?

— Podemos, sim. É bom que tenhas tentado. Da próxima vez vamos jogar mais — o Rodney respondeu.

Concordei com a cabeça e voltei para o meu quarto. A Sara estava lá deitada lendo um jornal, mas isso não era um problema. Eu não a via como uma ameaça. Éramos parecidas uma com a outra. Disso eu estava certa, e a cama me acolheu e me enfiei entre o lençol e a coberta, e era como se metade de mim dormisse e a outra metade ficasse acordadíssima. Tentei fazer a metade acordada pegar no sono, a parte de mim que vagava pela enfermaria procurando algo. Vi o Rodney sentado na sala de recreação e a irmã Inga aviando os remédios. E depois a fila de pacientes diante do posto de enfermagem. Quem eram aqueles pacientes? Uma menina com os cabelos presos num rabo de cavalo. Aquela era eu? O que é que eu estava fazendo ali? E atrás de mim na fila um homem, e eu me virei e vi o rosto dele.

Era o Conrad. Era o Conrad que estava ali parado com os seus cabelos pretos e os seus olhos tingidos de mar, e ele olhou para mim e num instante cada um de nós percebeu quem o outro era.

— Anna! Anna, também estás aqui? — ele perguntou.

— Sim! Estou aqui! — respondi.

Peguei na mão dele. Que estava seca e morna e se fechou envolvendo a minha mão. A mão do Conrad. Do meu pai. Era o meu pai que estava ali na minha frente segurando a minha mão. Aquilo não era assustador como todo o resto. Será que ele esteve ali o tempo todo? Olhei e continuei olhando nos olhos dele, que me diziam que eu estava salva. Eu queria dizer mais alguma coisa a ele, algo importante, mas estava de volta na cama, sozinha comigo mesma. O que é que tinha acontecido? O pé do gigante me pressionava e afundei na cama, e a Inga que estava entrando trazendo os remédios gritou o meu nome. Por que é que ela gritou? Recebi as gotas, e isso queria dizer que eu iria despencar naquela coisa macia e sem cores, e eu aceitei e pedi mais e aquele instante havia terminado, e o Conrad nunca havia estado ali.

A Inga foi depois até a Sara, que estava chorando, e se sentou alguns instantes ao lado dela, e eu morro ali naquela cama e ninguém percebe a forma como a escuridão se lançou sobre mim. Deu um tipo de adeus e, se um dia voltasse a acordar, eu estaria num lugar completamente diferente.

A luz. A luz branca que se abateu sobre nós. E os cheiros: de terra e de algo doce no fundo, misturando-se. Subíamos as montanhas secas e ouvíamos os grilos. A mão do Conrad estava seca e macia, e ele me segurava da mesma forma como eu o segurava. Caminhávamos pela trilha, e o céu era redondo como uma esfera e o mar estava lá embaixo.

— O mar. Isso é o mar, Anna — ele disse.
— Sim. É o mar — eu disse.

Sim, eu vi. Vi aquele azul esverdeado lá embaixo que se estendia até o horizonte. Caminhávamos e era como se caminhássemos no céu, pois as nuvens jaziam debaixo de nós. Agora já vi o mar, pensei. Agora tudo pode acabar. Éramos tão pequenos ao lado do mar. Aniquilados, mas sem saber disso. O vento morno acariciava as minhas bochechas, puxavam minhas roupas com cautela. Começamos a descer, nos agarrando com as mãos nos pequenos arbustos para não cair.

Para baixo, para baixo, na direção do mar que brilhava. Então surgiu um rugido às nossas costas: um avião que decolou e subiu, logo atrás de nós. Foi quase como se eu pudesse me esticar em direção ao avião e tocá-lo. Acompanhei o trajeto do avião pelo céu, o rastro branco traçado por ele no céu.

— Eles vão morrer — o Conrad disse.

Acenei com a cabeça concordando. Vi aquilo já acontecendo à minha frente. Os mortos curvados em seus assentos enquanto o avião seguia no seu trajeto pelo céu. Os pilotos mortos e a carga com os deuses que tinham vindo nos buscar.[15]

— Mas nós já estamos aqui. Nós já estamos aqui — sussurrei.

O Conrad, que continuava descendo, já estava lá embaixo. Eu tinha que chegar até ele. Eu queria que a minha distância até ele fosse a menor possível. Coloquei um pé atrás do outro e puxava as folhas dos arbustos, e o cheiro forte daqueles arbustos me golpeou. Lá embaixo: uma prainha pedregosa. Era para lá que estávamos indo. Tropecei e caí, abrindo uma ferida num dos joelhos, mas estava me lixando para o sangue, eu via apenas o Conrad e o mar lá embaixo.

---

15 [N. do T.] Alusão ao célebre e bizarro acidente aéreo com o voo 522 da companhia aérea cipriota Helios Airways em 14 de agosto de 2005, causado por falta de pressurização, erro do piloto, levando a equipe à incapacitação por hipóxia, e, finalmente, à colisão com uma montanha por falta de combustível na localidade de Grammatiko, perto de Maratona, a leste de Atenas. Todos os 115 passageiros e os 6 tripulantes pereceram em consequência do impacto da queda, encontrando-se vivos, mas inconscientes (em razão da falta de oxigênio a bordo) no momento da colisão, depois de quase três horas de voo em piloto automático. O Boeing 737-300 havia partido de Larnaca (capital do Chipre) com destino a Praga, e o acidente ocorreu antes de uma escala prevista em Atenas.

A praia se descortinou. Tirei a minha roupa. Fui direto para a água e dei a minha primeira braçada. E mais uma. O corpo se estendeu nas braçadas e a água envolveu o meu corpo, como uma carícia. A água que tanto me segurava como me largava para seguir adiante. Ouvi o Conrad atrás de mim. Ele também estava nadando. Olhei para um ponto bem ao longe, onde o mar encontrava o céu, e quis chegar até lá. Se eu estava feliz? Claro que sim, feliz era como eu me sentia, com o corpo que seguia se estendendo numa braçada depois da outra. Eu estava feliz com o Conrad ali atrás de mim. Tão assustadoramente feliz.

Fonte:
Georgia
Papel:
Cartão LD 250g/m2 e pólen Soft LD 80g/m2
da Suzano Papel e Celulose